U0083671

中國語言文字研究輯刊

二一編

許學仁 主編

第7冊

甲骨氣象卜辭類編（第五冊）

陳冠榮 著

花木蘭文化事業有限公司

國家圖書館出版品預行編目資料

甲骨氣象卜辭類編（第五冊）／陳冠榮 著 -- 初版 -- 新北市：

花木蘭文化事業有限公司，2021〔民 110〕

目 18+264 面；21×29.7 公分

（中國語言文字研究輯刊　二一編；第 7 冊）

ISBN 978-986-518-660-9（精裝）

1. 甲骨文 2. 古文字學 3. 氣象 4. 研究考訂

802.08　　110012600

中國語言文字研究輯刊

二一編　第七冊　ISBN：978-986-518-660-9

甲骨氣象卜辭類編（第五冊）

作　　者　陳冠榮

主　　編　許學仁

總 編 輯　杜潔祥

副總編輯　楊嘉樂

編　　輯　許郁翎、張雅淋、潘玟靜　美術編輯　陳逸婷

出　　版　花木蘭文化事業有限公司

發 行 人　高小娟

聯絡地址　235 新北市中和區中安街七二號十三樓

電話：02-2923-1455／傳真：02-2923-1452

網　　址　http://www.huamulan.tw　信箱　service@huamulans.com

印　　刷　普羅文化出版廣告事業

初　　版　2021 年 9 月

全書字數　451664 字

定　　價　二一編 18 冊（精裝）　台幣 54,000 元　

甲骨氣象卜辭類編
（第五冊）

陳冠榮 著

目次

第四冊

第五冊

第六冊

第三章　甲骨氣象卜辭類編——雲量卜辭彙編

玖、一日之內的雨

一、夙——雨

（一）夙・雨

著　錄	編號／【綴合】／（重見）	備　註	卜　辭
合集	557		（13）甲子卜，穷，貞：𢀛希雨于娥。 （14）……雨〔于〕娥。
合集	27950		（1）貞：𢀛不雨。 （2）貞：馬弜先，其遘雨。
合集	27951		〔叀〕先馬，其𢀛雨。
合集	28547+28973【《甲拼》224】		（2）不遘小雨。 （3）翌日壬王□省喪田，𢀛不遘大雨。 （4）其暮不遘大雨。
合集	28569		（1）王其田，𢀛湄日不〔雨〕。吉 （2）中日往□，不雨。吉　大吉

（二）王其・夙・雨

著　錄	編號／【綴合】／（重見）	備　註	卜　辭
合集	28574		〔王〕其田𢀛……冓雨。
合集	30094+30113（《合補》9535）		（1）𬸚往，不冓雨。 （2）王其𢀛，不冓雨。 （3）王夕入，于之不雨。

著　錄	編號／【綴合】／（重見）	備　註	卜　辭
合集	41568		〔王〕其田𢦏，不蓴雨。
屯南	2358		（1）丁酉卜，王其𢦏田，不蓴雨。大吉。茲允不雨。 （2）弜𢦏田，其蓴雨。 （3）其雨，王不雨𡆥。吉 （4）其雨𡆥。吉 （8）辛多雨。 （9）不多雨。 （10）壬多雨。 （11）不多雨。 （12）翌日壬雨。 （13）不雨。

（三）夙……雨

著　錄	編號／【綴合】／（重見）	備　註	卜　辭
合集	24869		（1）……自𢦏……廼雨。 （2）……多雨。
合集	28737		（2）……王其……凡田，夙……□雨。

（四）夙入・雨

著　錄	編號／【綴合】／（重見）	備　註	卜　辭
合集	27772+33514+33528【《甲拼三》634】		（4）王其田，湄日不雨。 （5）其雨。 （6）王其□入，不雨。 （7）枫入，不雨。

著錄	編號／【綴合】／（重見）	備註	卜辭
合集	27773		𢦏入，不雨。
合集	28571		王其田，𢦏入，不雨。
合集	28572		（2）王其田，𢦏入，不雨。 （3）夕入不雨。吉
合集	28628（《國博》195）		（1）方𡆥，叀庚彡，又大雨。大吉 （2）叀辛彡，又大雨。吉 （3）翌日辛，王其省田，𢦏入，不雨。玆用　吉 （4）夕入，不雨。 （5）□日，入省田，湄日不雨。
合集	29003		（2）弜省喪田，其雨。 （3）……王其省田……𢦏入，不雨。
屯南	2383+2381【醉 172】		（3）王其省盂田，不雨。 （4）𦎫往夕入，不冓雨。吉 （5）王其省盂田，𦎫往𣐈入，不雨。 （6）夕入，不雨。

（五）夙．往／夙．步

著　錄	編號／【綴合】／（重見）	備　註	卜　辭
合集	27780		（1）□𢦏往，不雨。 （2）……不雨。
屯南	3270		（2）……𢦏〔步〕……〔不〕冓雨。

二、旦——雨

（一）旦・雨

著　錄	編號／【綴合】／（重見）	備　註	卜　辭
合集	21025		九日辛亥旦大雨自東，小……〔虹〕西。
合集	29776		（1）旦不〔雨〕。 （2）食不雨。
合集	29779		（1）旦不雨。 （2）其雨。
合集	29782		乙旦雨。

（二）旦……雨

著　錄	編號／【綴合】／（重見）	備　註	卜　辭
合集	29780		于旦王廼……每，不雨。
合集	41308（《英藏》2336）		（1）于翌日旦……大雨。 （2）律伐又大雨。

（三）旦……時間段・雨

著　錄	編號／【綴合】／（重見）	備　註	卜　辭
合集	29272（《合集》29781）		（2）旦至于昏不雨。大吉
屯南	0042		（1）弜田，其冓大雨。 （2）自旦至食日不雨。 （3）食日至中日不雨。 （4）中日至昃不雨。

屯南	0624		（1）辛亥卜，翌日壬旦至食日不〔雨〕。大吉 （2）壬旦至食日其雨。吉 （3）食日至中日不雨。吉 （4）食日至中日其雨。 （5）中日至𦎫兮不雨。吉 （6）中日至𦎫〔兮其雨〕。

三、明——雨

（一）明雨

著　錄	編號／【綴合】／（重見）	備　註	卜　辭
合集	6037 反		（1）翌庚其明雨。 （2）不其明雨。 （3）〔王〕固曰：易日，其明雨，不其夕〔雨〕小。 （4）王固曰：其雨。乙丑夕雨小，丙寅喪，雨多，丁……
合集	11497 正		（3）丙申卜，㱿，貞：來乙巳酌下乙。王固曰：酌，隹㞢希，其㞢異。乙巳酌，明雨，伐既，雨，咸伐，亦雨，𢼄卯鳥，晴。
合集	11498 正		（3）丙申卜，㱿，貞：〔來〕乙巳酌下乙。王固曰：酌，隹㞢希，其㞢異。乙巳明雨，伐既，雨，咸伐，亦雨，𢼄鳥，晴。
合集	11499 正		（2）……〔酌〕，明雨，伐〔既〕，雨，咸伐，亦〔雨〕，𢼄卯鳥，大啟，昜。

（二）明・天氣現象・雨／雨・天氣現象・明

著　錄	編號／【綴合】／（重見）	備　註	卜　辭
合集	6037 正		（1）貞：翌庚申我伐，易日。庚申明陰，王來坌首，雨小。 （3）……雨。 （4）翌乙〔丑〕不其雨。
合集	11506 反		（1）王固曰：之日勿雨。乙卯允明陰，三[illegible]，食日大晴。
合集	21016		（2）癸亥卜，貞：旬。二月。乙丑夕雨。丁卯𡖊雨。戊小采日雨，𩗪風。己明啟。

（三）雨・時間段・明

著　錄	編號／【綴合】／（重見）	備　註	卜　辭
合集	16131 反		（1）王固曰：其夕雨，夙明。 （3）王固曰：癸其雨。三日癸丑允雨。

四、朝——雨

（一）朝・雨

著　錄	編號／【綴合】／（重見）	備　註	卜　辭
合集	29092		（1）丙寅卜，狄，貞：盂田，其遘椒，朝又雨。

五、大采——雨

（一）大采雨

著　錄	編號／【綴合】／（重見）	備　註	卜　辭
合集	3223		（5）……〔大〕采雨，王……
合集	3529+12813 正【《綴集》16】		（4）乙卯卜，㱿，貞：今日王往〔于〕□之日大采雨，王不□
合集	12425+《珠》00766（《合補》3770）		（1）不其雨。 （2）貞：翌庚辰其雨。 （3）貞：翌庚辰不雨。庚辰陰，大采雨。
合集	12810		……〔大〕采雨，王……
合集	12814 正		（4）乙卯卜，㱿，貞：今日王往于臺……之日大采雨，王不〔步〕……
合集	20901+20953+20960 部份（《乙》34）【《綴續》499】		（2）……北雨，允雨。 （3）……雨……吼，夕雨。壬允雨。 （4）丙午卜，今日其雨，大采雨自北，征㰻，小雨。
合補	3771（《天理》144）		（1）貞：翌庚辰其雨。 （2）貞：翌庚辰不雨。 （3）庚辰〔陰〕，大采〔雨〕。

（二）大采……雨

著　錄	編號／【綴合】／（重見）	備　註	卜　辭
合集	12424（《合補》3771）		（1）貞：翌庚辰其雨。 （2）貞：翌庚辰不雨。庚辰〔陰〕，大采……

著 錄	編號／【綴合】／（重見）	備 註	卜 辭
合集	13377+18792+18795+《合補》2294【《甲拼續》458】、【《綴彙》335】		（1）癸……旬亡〔囚〕……㞢七日龠己卯〔大〕采日大𡈼風，雨𧊒伐。五月。
合集	21021 部份+21316+21321+21016【《綴彙》776】		（1）癸未卜，貞：旬。甲申人定雨……雨……十二月。 （4）癸卯貞，旬。□大〔風〕自北。 （5）癸丑卜，貞：旬。甲寅大食雨自北。乙卯小食大啟。丙辰中日大雨自南。 （6）癸亥卜，貞：旬。一月。昃雨自東。九日辛丑大采，各云自北，雷祉，大風自西刜云，率〔雨〕，母蕭日……一月。 （8）癸巳卜，貞：旬。之日巳，羌女老，祉雨小。二月。 （9）……大采日，各云自北，雷，風，茲雨不祉，隹娩…… （10）癸亥卜，貞：旬。乙丑夕雨，丁卯明雨……采日雨。〔風〕。己明啟。三月。

六、大食——雨

（一）大食雨

著 錄	編號／【綴合】／（重見）	備 註	卜 辭
合集	20961		（1）丙戌卜，雨今夕不。 （2）丙戌卜，三日雨。丁亥隹大食雨？
合集	21021 部份+21316+21321+21016【《綴彙》776】		（1）癸未卜，貞：旬。甲申人定雨……雨……十二月。 （4）癸卯貞，旬。□大〔風〕自北。 （5）癸丑卜，貞：旬。甲寅大食雨自北。乙卯小食大啟。丙辰中日大雨自南。

著錄	編號／【綴合】／（重見）	備註	卜辭
			（6）癸亥卜，貞：旬。一月。昃雨自東。九日辛丑大采，各云自北，雷祉，大風自西刜云，率〔雨〕，母譱日……一月。 （8）癸巳卜，貞：旬。之日巳，羌女老，祉雨小。二月。 （9）……大采日，各云自北，雷，風，茲雨不祉，隹婞…… （10）癸亥卜，貞：旬。乙丑夕雨，丁卯明雨……采日雨。〔風〕。己明啟。三月。

（二）食・雨

著錄	編號／【綴合】／（重見）	備註	卜辭
合集	29776		（1）旦不〔雨〕。 （2）食不雨。
合集	29924+天理 116【契 166】		（1）食□其雨。 （2）中日不雨。 （3）中日□雨。

（三）食日・雨

著錄	編號／【綴合】／（重見）	備註	卜辭
合集	29784		（1）□至食日不〔雨〕。 （3）……雨。
合集	29785		（1）食日不雨。
屯南	0042		（1）弜田，其冓大雨。 （2）自旦至食日不雨。 （3）食日至中日不雨。 （4）中日至昃不雨。

屯南	0624		（1）辛亥卜，翌日壬旦至食日不〔雨〕。大吉 （2）壬旦至食日其雨。吉 （3）食日至中日不雨。吉 （4）食日至中日其雨。 （5）中日至𦎫兮不雨。吉 （6）中日至𦎫〔兮其雨〕。

（四）食・允雨

著　錄	編號／【綴合】／（重見）	備　註	卜　辭
合集	20956		（2）壬午，食，允雨。

七、中日——雨

（一）中日・雨

著　錄	編號／【綴合】／（重見）	備　註	卜　辭
合集	11775		□戌卜，□，貞：中日不雨。
合集	20908		（1）戊寅卜，陰，其雨今日[illegible]〔註1〕。〔中〕日允〔雨〕。 （2）乙卯卜，丙辰□余〔食〕妣丙，[illegible]，中日雨。三月。
合集	21021 部份+21316+21321+21016 【《綴彙》776】		（1）癸未卜，貞：旬。甲申人定雨……雨……十二月。 （4）癸卯貞，旬。□大〔風〕自北。 （5）癸丑卜，貞：旬。甲寅大食雨自北。乙卯小食大啟。丙辰中日大雨自南。

〔註1〕「[illegible]」字《甲骨文校釋總集》摹作「[illegible]」，陳年福摹作「𢀛」，釋為「羞」，「羞中日」指接近正午之時。參見陳年福：《甲骨文詞義論稿》（上海：上海古籍出版社，2007年），頁55。

			（6）癸亥卜，貞：旬。一月。昃雨自東。九日辛丑大采，各云自北，雷征，大風自西刜云，率〔雨〕，母譱日……一月。 （8）癸巳卜，貞：旬。之日巳，羌女老，征雨小。二月。 （9）……大采日，各云自北，雷，風，茲雨不征，隹蜍…… （10）癸亥卜，貞：旬。乙丑夕雨，丁卯明雨……采日雨。〔風〕。己明啟。三月。
合集	29787+29799(《合補》9553 部份、《中科院》1613）		（1）翌日壬王其田，雨。 （2）不雨。 （3）中日雨。 （4）章兮雨。
合集	29790		中日其雨。
合集	29793		（1）中〔日至〕昃其〔雨〕。 （2）昃至章不雨。 （3）章雨。
合集	29910		（1）中日其雨。 （2）王其省田，昃不雨。 （3）昃其雨。吉
合集	29924+《天理》116【《契》166】		（1）食□其雨。 （2）中日不雨。 （3）中日□雨。

(二)中日……雨

著　錄	編號／【綴合】／(重見)	備　註	卜　辭
合集	13216 反		(1)□未……雨，中日攼……彫□既陟……皀雷。 (2)□〔夕〕其雨。
合集	21302		(5)庚寅雨，中日既。
合集	28569		(1)王其田𢦏，湄日不〔雨〕。吉 (2)中日往□，不雨。吉　大吉

(三)日中・雨

著　錄	編號／【綴合】／(重見)	備　註	卜　辭
合集	29788		(1)𩁹，于日中廼往，不雨。 (2)……〔雨〕。
合集	29789		(1)叀日中又大雨。 (2)其雨。

(四)日中……雨

著　錄	編號／【綴合】／(重見)	備　註	卜　辭
合集	13036		(2)貞：日中……于……雨。

(五)時間段……中日・雨

著　錄	編號／【綴合】／(重見)	備　註	卜　辭
屯南	0042		(1)弜田，其冓大雨。 (2)自旦至食日不雨。 (3)食日至中日不雨。 (4)中日至昃不雨。

屯南	0624		（1）辛亥卜，翌日壬旦至食日不〔雨〕。大吉 （2）壬旦至食日其雨。吉 （3）食日至中日不雨。吉 （4）食日至中日其雨。 （5）中日至𩫖兮不雨。吉 （6）中日至𩫖〔兮其雨〕。
屯南	2729		（1）中日至𩫖兮不雨。大吉

八、昃——雨

（一）昃雨

著　錄	編號／【綴合】／（重見）	備　註	卜　辭
合集	12809		（1）……昃雨。
合集	20421		（2）戊申卜，今日方征不。昃雨自北。
合集	20962		癸亥，貞：旬甲子方又祝，才邑南。乙丑𩄲，昃雨自北，丙寅大……
合集	20965		丁酉卜，今二日雨。余曰：戊雨。昃允雨自西。
合集	20966		（1）癸酉卜，王〔貞〕：旬。四日丙子雨自北。丁雨，二日陰，庚辰……一月。 （2）癸巳卜，王，旬。四日丙申昃雨自東，小采既，丁酉少，至東雨，允。二月。 （3）癸丑卜，王，貞：旬。八庚申𡨦，允雨自西，小〔采〕既，〔夕〕……五月。 （7）□□〔卜〕，王……告……比……〔雨〕……小。

合集	20967		（1）甲子卜，乙丑雨，昃雨自北少。 （2）甲子卜，翌丙雨，乙丑昃雨自北少。
合集	21013		（2）丙子隹大風，允雨自北，以風。隹戊雨。戊寅不雨。𠦪曰：征雨，〔小〕采𡆥，兮日，陰，不〔雨〕。庚戌雨陰征。□月。 （3）丁未卜，翌日昃雨，小采雨，東。
合集	21021 部份+21316+21321+21016【《綴彙》776】		（1）癸未卜，貞：旬。甲申人定雨……雨……十二月。 （4）癸卯貞，旬。□大〔風〕自北。 （5）癸丑卜，貞：旬。甲寅大食雨自北。乙卯小食大啟。丙辰中日大雨自南。 （6）癸亥卜，貞：旬。一月。昃雨自東。九日辛丑大采，各云自北，雷征，大風自西刜云，率〔雨〕，母蕭日……一月。 （8）癸巳卜，貞：旬。之日巳，羌女老，征雨小。二月。 （9）……大采日，各云自北，雷，風，茲雨不征，隹蜍…… （10）癸亥卜，貞：旬。乙丑夕雨，丁卯明雨……采日雨。〔風〕。己明啟。三月。
合集	29910		（1）中日其雨。 （2）王其省田，昃不雨。 （3）昃其雨。吉
合集	33918		（2）□□卜，貞：昃又定雨。
村中南	340		（1）甲午卜：庚子十牢？用。昃雨，盖日攸。
愛米塔什	161（《劉》088）		昃允雨。用。

（二）時間段……昃・雨

著　錄	編號／【綴合】／（重見）	備　註	卜　辭
合集	29793		（1）中〔日至〕昃其〔雨〕。 （2）昃至𩰫不雨。 （3）𩰫雨。
合集	29801		（1）昃〔至𩰫〕兮其〔雨〕。 （2）𩰫兮至昏不雨。吉 （3）𩰫兮至昏其雨。
屯南	0042		（1）弜田，其冓大雨。 （2）自旦至食日不雨。 （3）食日至中日不雨。 （4）中日至昃不雨。

（三）昃……雨

著　錄	編號／【綴合】／（重見）	備　註	卜　辭
合集	20470		（4）丙午卜，其生月雨，癸丑允雨。 （5）……陰，不雨。 （7）……峀……其……昃……雨……雨。
合集	20957		（1）于辛雨，庚多雨。辛攺。 （2）己亥卜，庚又雨，其多。允雨，不□……昃攺……亦雨自北……大攺，昃□，䒤日……
合集	20968		丙戌卜……日彡𣎆……牛……昃用……北往……雨，之夕……亦雨。二月。

九、小采——雨

（一）小采雨

著　錄	編號／【綴合】／（重見）	備　註	卜　辭
合集	20397		（1）壬戌又雨。今日小采允大雨。征伐，䒤日隹啟。
合集	21013		（2）丙子隹大風，允雨自北，以風。隹戊雨。戊寅不雨。𠦪曰：征雨，〔小〕采𠂤，兮日，陰，不〔雨〕。庚戌雨陰征。□月。 （3）丁未卜，翌日昃雨，小采雨，東。
合集	21016		（2）癸亥卜，貞：旬。二月。乙丑夕雨。丁卯𡖋雨。戊小采日雨，𡖋風。己明啟。

（二）小采……雨

著　錄	編號／【綴合】／（重見）	備　註	卜　辭
合集	20966		（1）癸酉卜，王〔貞〕：旬。四日丙子雨自北。丁雨，二日陰，庚辰……一月。 （2）癸巳卜，王，旬。四日丙申昃雨自東，小采既，丁酉少，至東雨，允。二月。 （3）癸丑卜，王，貞：旬。八庚申寎，允雨自西，小〔采〕既，〔夕〕……五月。 （7）□□〔卜〕，王……告……比……〔雨〕……小。
合集	21013		（2）丙子隹大風，允雨自北，以風。隹戊雨。戊寅不雨。𠦪曰：征雨，〔小〕采𠂤，兮日，陰，不〔雨〕。庚戌雨陰征。□月。 （3）丁未卜，翌日昃雨，小采雨，東。

十、郭兮——雨

（一）𩫖（郭）兮·雨

著　錄	編號／【綴合】／（重見）	備　註	卜　辭
合集	29787+29799（《合補》9553）		（1）翌日壬王其田，雨。 （2）不雨。 （3）中日雨。 （4）𩫖兮雨。
合集	29793		（1）中〔日至〕昃其〔雨〕。 （2）昃至𩫖不雨。 （3）𩫖雨。
合集	29796		𩫖兮不雨。
合集	29797		𩫖〔兮〕雨。
合集	29799+29787		（2）𩫖兮雨。
村中南	086〔註2〕		（3）于辛翌〔日〕壬𩫖〔兮〕不雨？
東大	1177+1258【《綴彙》315】		𩫖兮其雨。

（二）𩫖（郭）兮至昏·雨

著　錄	編號／【綴合】／（重見）	備　註	卜　辭
合集	29794		𩫖兮至昏不雨。
合集	29795		（1）𩫖兮至昏不雨。 （2）〔𩫖〕兮至昏其雨。

〔註2〕釋文據朱歧祥：《釋古疑今——甲骨文、金文、陶文、簡文存疑論叢》第十六章　殷墟小屯村中村南甲骨釋文補正。

合集	29801		(1) 昃〔至𩫖〕兮其〔雨〕。 (2) 𩫖兮至昏不雨。吉 (3) 𩫖兮至昏其雨。

(三) 時間段……至𩫖 (郭) 兮·雨

著　錄	編號／【綴合】／(重見)	備　註	卜辭
合集	29793		(1) 中〔日至〕昃其〔雨〕。 (2) 昃至𩫖不雨。 (3) 𩫖雨。
合集	29801		(1) 昃〔至𩫖〕兮其〔雨〕。 (2) 𩫖兮至昏不雨。吉 (3) 𩫖兮至昏其雨。
合集	30203		(1) 今日乙𩫖攸，不雨。 (2) 于翌日丙攸，不雨。 (3) 不攸，不雨。
屯南	0624		(1) 辛亥卜，翌日壬旦至食日不〔雨〕。大吉 (2) 壬旦至食日其雨。吉 (3) 食日至中日不雨。吉 (4) 食日至中日其雨。 (5) 中日至𩫖兮不雨。吉 (6) 中日至𩫖〔兮其雨〕。
屯南	2729		(1) 中日至𩫖兮不雨。大吉

十一、昏——雨

（一）時間段・昏・雨

著　錄	編號／【綴合】／（重見）	備　註	卜　辭
合集	29272（《合集》29781）		（2）旦至于昏不雨。大吉
合集	29794		章兮至昏不雨。
合集	29795		（1）章兮至昏不雨。 （2）〔章〕兮至昏其雨。
合集	29801		（1）昃〔至 章〕兮其〔雨〕。 （2）章兮至昏不雨。吉 （3）章兮至昏其雨。

（二）今日・昏・雨

著　錄	編號／【綴合】／（重見）	備　註	卜　辭
合集	28625+29907+30137【《甲拼》172、《綴彙》33】	（1）「田」字缺刻橫劃。	（1）王其省田，不冓大雨。 （2）不冓小雨。 （3）其冓大雨。 （4）其冓小雨。 （5）今日庚湄日至昏不雨。 （6）今日其雨。
合集	29328		（1）弜田（賫？），其雨。大吉 （2）今日辛至昏雨。
合集	29803		……日戊。今日湄至昏不雨。

十二、暮——雨

（一）暮·雨

著　錄	編號／【綴合】／（重見）	備　註	卜　辭
合集	28547+28973【《甲拼》224】		（2）不遘小雨。 （3）翌日壬王□省喪田，枂遘大雨。 （4）其蠆不遘大雨。
合集	29807		（2）其冓雨。 （3）其𦺇不冓雨。
合集	30181		其𦺇……雨……
村中南	113		莫小雨？吉。茲用。

（二）暮·于之·雨

著　錄	編號／【綴合】／（重見）	備　註	卜　辭
合集	27769		（1）其𦺇入，于之，若、万，不雨。
合集	29804		其𦺇于之，迺不冓雨。

（三）暮·往·雨

著　錄	編號／【綴合】／（重見）	備　註	卜　辭
合集	29788		（1）𦺇，于日中迺往，不雨。 （2）……〔雨〕。
合集	30094+30113（參見《合補》9535）		（1）𦺇往，不冓雨。 （2）王其𢦏，不冓雨。 （3）王夕入，于之不雨。

屯南	2383+2381【《醉》172】		（3）王其省盂田，不雨。 （4）暮往夕入，不冓雨。吉 （5）王其省盂田，暮往枫入，不雨。 （6）夕入，不雨。

十三、闌昃——雨

（一）闌昃……雨／雨……闌昃

著　錄	編號／【綴合】／（重見）	備　註	卜　辭
合集	20957		（1）于辛雨，庚夕雨。辛攸。 （2）己亥卜，庚子又雨，其夕允雨。 （3）……者日大攸，昃亦雨自北。闌昃攸。
合集	20962		癸亥，貞：旬甲子方又祝，才邑南。乙丑闌，昃雨自北，丙寅大……

十四、夕——雨

（一）夕雨

著　錄	編號／【綴合】／（重見）	備　註	卜　辭
合集	6037 反		（3）〔王〕固曰：易日，其明雨，不其夕〔雨〕小。 （4）王固曰：其雨。乙丑夕雨小，丙寅喪，雨多，丁……
合集	8250 反		（1）貞：夕雨。
合集	9508 反		……夕雨……
合集	11796		（1）……夕雨。
合集	12236		貞：翌丁……夕雨。

著錄	編號／【綴合】／（重見）	備註	卜辭
合集	12561		（1）……夕雨。四月。
合集	13032		（2）……夕雨。
合集	14295		（1）辛亥卜，內，貞：今一月帝令雨。四日甲寅夕〔雨〕。
合集	16131 反		（1）王固曰：其夕雨，夙明。
合集	16497+《乙》3135+《乙》3137+《乙補》2751+《乙補》2752+《乙補》3220【《契》237】		（1）……夕雨。 （2）今夕不其雨。
合集	18059 正		貞：〔夕〕雨。

（二）夕……雨

著　錄	編號／【綴合】／（重見）	備　註	卜　辭
合集	12411 反		……夕……〔寅允〕雨。
合集	12623 乙		（3）……夕……雨。 （4）〔貞〕：今夕□雨。十月。 （5）貞：今〔夕〕不〔雨〕。
合集	12669		〔今〕夕……雨疾。

（三）夕雨不

著　錄	編號／【綴合】／（重見）	備　註	卜　辭
合集	12221		（1）貞：今夕雨不。
合集	12973		（1）辛酉卜，㱿，翌壬戌不雨。之日夕雨不征。

（四）夕多雨

著　錄	編號／【綴合】／（重見）	備　註	卜　辭
合集	12692 正		□□〔卜〕，韋，貞：今夕多雨。
合集	12702		□未卜，貞：今夕雨多。
合集	12703		（1）□申卜，□，貞：□夕〔多〕雨。

（五）今夕・雨

著　錄	編號／【綴合】／（重見）	備　註	卜　辭
合集	1052 正		（11）翌壬寅雨。 （12）其隹今夕雨。
合集	1248 反+乙 3367【《合補》60 反遙綴】		（8）今夕其雨。
合集	2976 正+乙 7297+乙 2265+15318 【《綴彙》249】		（2）貞：今夕不雨。
合集	3297 反		（2）貞：翌辛丑不其敃。王固曰：今夕其雨，翌辛〔丑〕不〔雨〕。之夕允雨，辛丑敃。
合集	3537 正		（2）……今夕其大雨疾。
合集	3537 反		……今夕雨。
合集	3916		（1）戊辰卜，㪅，貞：今夕不雨。
合集	3928		（1）庚辰卜，貞：今夕不雨。
合集	5579 正		（1）……今夕雨。
合集	7352 正		（21）今夕雨。
合集	8473		（7）貞：今夕其雨。 （8）貞：今夕不雨。

			（10）貞：今夕其雨。 （11）貞：今夕不雨。 （13）貞：今夕其雨。七月。 （14）貞：今夕不其雨。 （16）貞：今夕其雨。 （17）貞：今夕不雨。
合集	9276 正		（2）貞：今夕〔不〕雨。
合集	9337		（1）〔貞〕：今夕〔其〕雨。五月。
合集	9790 正		（4）貞：今夕不其雨。 （5）貞：今夕其雨。
合集	10222		（1）……今夕其雨……其雨。之夕允不雨。
合集	10292+12309【《契》29】		（2）壬戌卜，今夕雨。允雨。 （3）壬戌卜，今夕不其雨。 （4）甲子卜，翌乙丑其雨。
合集	10389		（4）貞：其雨。 （5）丙子卜，貞：今日不雨。 （6）貞：其雨。十二月。 （8）貞：今夕不雨。 （9）貞：其雨。 （11）……雨。 （12）乙未卜，貞：今夕不雨。 （13）貞：□雨。
合集	11917		（1）己卯卜，爭，貞：今夕〔其雨〕。王固曰：其雨。之夕〔允雨〕。

合集	11994		（2）貞：今夕雨。 （3）癸卯卜，貞：今日雨。
合集	12105		辛亥卜，史，貞：今夕雨。
合集	12106		辛酉卜，史，貞：今夕雨。
合集	12107		□酉卜，貞：今夕雨。
合集	12108		（1）庚午卜，𠬝，貞：今夕雨。
合集	12109（《旅順》621）+16620 綴合〔註 3〕	填墨	乙巳卜，貞：今夕雨。
合集	12110		壬辰〔卜〕，貞：今夕雨。
合集	12111		（1）乙酉卜，㱿，貞：今〔夕〕雨
合集	12112（《合集》41097）		庚戌〔卜〕，貞：今夕□雨。
合集	12113		（1）貞：今夕雨。
合集	12114		（1）貞：今夕雨。 （2）……雨。
合集	12115		（1）貞：今夕雨。
合集	12116		（1）貞：今夕雨。
合集	12117		（1）貞：今夕雨。
合集	12118		貞：今夕雨。
合集	12119（《旅順》620）		（1）貞：不其雨。 （2）貞：今夕雨。

〔註 3〕宋雅萍：〈背甲新綴第二十六—三十一則〉，中國社會科學院歷史研究所先秦史研究室網站，2012 年 4 月 14 日 http://.xianqin.org/bog/archives/2889.htm

合集	12120		（3）貞：今夕雨。 （4）貞：〔今夕雨〕。
合集	12121		貞：今夕雨。
合集	12122		貞：今夕雨。
合集	12123（《旅順》613）		（1）貞：今夕雨，□……
合集	12124		貞：今夕雨。
合集	12125		貞：今夕雨。
合集	12126（《合集》40293）		貞：今夕雨。
合集	12127		貞：今夕雨。
合集	12128		貞：今夕雨。
合集	12129		（1）貞：今夕雨。 （2）……雨。
合集	12130		貞：今夕雨。
合集	12131		貞：今夕雨。
合集	12132		貞：今夕雨。
合集	12133		貞：今夕雨。
合集	12134		貞：今夕雨。
合集	12135		貞：今夕雨。
合集	12136（《旅順》1585）		貞：今夕雨。
合集	12137		貞：今夕雨。
合集	12138		（2）貞：今夕雨，不其雨。
合集	12139		貞：〔今〕夕雨。

合集	12140（《合補》03551）		〔貞〕：今夕雨。
合集	12141 正		貞：今〔夕〕雨。
合集	12142		貞：今〔夕〕雨。
合集	12143		癸卯卜，今夕雨。
合集	12144		癸卯卜，今夕雨。
合集	12145		（2）〔貞〕：今夕雨。
合集	12146		今夕雨。
合集	12147		（1）□□卜，今夕雨。 （2）貞：其雨。
合集	12148		今夕雨。
合集	12149 反		今夕雨。
合集	12150		今夕雨。
合集	12151		今夕雨。
合集	12152 反		今夕雨。
合集	12153		今夕雨。
合集	12154		今夕雨。
合集	12155		今夕雨。
合集	12156（《合集》41600）		（1）不雨。 （6）戊辰卜，及今夕雨。 （7）弗及今夕雨。 （15）庚午，𡆥于岳又从才雨。 （11）𡆥于岳亡从才雨。

			（20）隹其雨。 （21）今日雨。
合集	12157		（2）今夕雨。 （3）□不雨。
合集	12159		（2）〔今〕夕雨。
合集	12160		（1）壬寅卜，今夕雨。 （2）貞：弗其及今夕雨。
合集	12161		癸丑卜，古，貞：今夕不雨。
合集	12162		（1）乙亥卜，貞：今夕不雨。
合集	12163 正		（1）己丑卜，爭，貞：今夕不雨。 （2）〔己〕丑卜，爭，貞：今夕雨。
合集	12163 反		（1）王固曰：今夕不其雨，其壬雨。允不雨。
合集	12164+17349+19655（《旅順》445）+《合補》856〔註 4〕	塗朱	（7）丙子卜，貞：今夕不雨。
合集	12165		庚辰卜，貞：今夕不雨。
合集	12166		丁丑卜，貞：今夕不雨。
合集	12167		（1）辛卯卜，貞：今夕不雨。 （2）〔今〕夕不〔雨〕。
合集	12168		〔辛〕亥卜，〔貞〕：今夕不雨。
合集	12169		乙未卜，貞：今夕〔不〕雨。

〔註 4〕宋雅萍：〈背甲新綴第二十七則補綴〉，中國社會科學院歷史研究所先秦史研究室網站，2013 年 1 月 19 日 http://www.xianqin.org/blog/archives/2889.html

合集	12170		（1）辛亥，貞：今夕雨。 （2）乙卯卜，貞：今夕其雨。
合集	12171		（1）□□卜，貞：今夕不雨。
合集	12172		（1）貞：今夕不雨。
合集	12173		貞：今夕不雨。
合集	12174		貞：今夕不雨。
合集	12175		貞：今夕不雨。
合集	12176		貞：今夕不雨。
合集	12177（《中科院》495）		貞：今夕不雨。
合集	12178		貞：今夕不雨。
合集	12179（《中科院》1133）		貞：今夕不雨。□〔月〕。〔註 5〕
合集	12180		貞：今夕不雨。
合集	12181		貞：今夕不雨。
合集	12182		貞：今夕不雨。
合集	12183		貞：今夕不〔雨〕。
合集	12184		貞：今夕不雨。
合集	12185		貞：今夕不雨。
合集	12186（《合補》09481）		貞：今夕不雨。
合集	12187		貞：今夕不雨。
合集	12188		（1）貞：今夕不雨。

〔註 5〕「〔月〕」字據《中科院》補。

合集	12189		貞：今夕不雨。
合集	12190（《中科院》1142）		（1）貞：今夕不雨。 （2）貞：今夕其雨。
合集	12191		貞：今夕不雨。
合集	12192		貞：今夕不雨。
合集	12193		貞：今夕不雨。
合集	12194		貞：今夕不雨。
合集	12195		貞：今夕不雨。
合集	12196 正（《中科院》1134 正）		貞：今夕不雨。
合集	12197		貞：今夕不雨
合集	12198		貞：今夕不雨。
合集	12199		貞：今夕不雨。
合集	12200		貞：今夕不雨。
合集	12201		貞：今夕不雨。
合集	12202		貞：今夕不雨。
合集	12203 正		貞：今夕不雨。
合集	12204		貞：今夕不雨。
合集	12205（《旅順》1327）		貞：今夕不雨。
合集	12206		貞：今夕不雨。
合集	12207 反		（1）貞：今夕不雨。 （2）……其雨。

合集	12208		(1)〔貞〕：今夕□雨。 (2) 貞：今夕不雨。
合集	12209		貞：今夕不雨。一月。
合集	12210		(1) 貞：今夕不雨。 (2) ……雨。
合集	12211		貞：今夕不雨。
合集	12212		貞：今夕不雨。
合集	12213		貞：今夕不雨。
合集	12214		貞：今夕不雨。
合集	12215		貞：今夕不雨。
合集	12216		貞：今夕不雨。
合集	12217		(1)〔貞〕：今夕不雨。
合集	12219		庚子卜，貞：今夕不雨。
合集	12220		貞：今〔夕〕不雨。之夕……
合集	12221		(1) 貞：今夕雨不。
合集	12224		(1) 庚子卜，今夕不雨。 (2)〔今〕夕□雨。
合集	12225		今夕不雨。
合集	12226		今夕不雨。
合集	12227		今夕不雨。
合集	12228		今夕不雨。
合集	12229		今夕不雨。

合集	12230		（1）今夕不雨。
合集	12231 正		今〔夕〕不雨。
合集	12231 反		〔今〕夕允〔雨〕
合集	12232		丁卯卜，貞：今夕其雨。
合集	12233		貞：今夕其雨。
合集	12234		癸亥卜，貞：今夕其雨。
合集	12235		庚申卜，貞：今夕□雨。
合集	12236		（1）……日夕雨。 （3）□□〔卜〕，□，貞：今夕其〔雨〕。
合集	12237 甲		貞：今夕□雨。
合集	12237 乙（《合補》09507）		貞：今夕不雨。
合集	12238		貞：今夕其雨。
合集	12239		貞：今夕其雨。
合集	12240		貞：今夕其雨。
合集	12241 反		（1）□□夕□雨。 （2）貞：今夕其雨。 （3）王固曰：其雨。
合集	12242		貞：今夕其雨。
合集	12243		貞：今夕其雨。
合集	12244		貞：今夕其雨。
合集	12245		（1）貞：今夕其雨。 （2）……雨。

合集	12246		（1）貞：今夕其雨。 （2）今夕不其雨。
合集	12247		（1）己酉卜，貞：今夕其雨。 （2）不其雨。
合集	12248（《旅順》627）+12640〔註 6〕	塗朱	（1）貞：今夕其雨。十二月。 （2）……雨……
合集	12249（《旅順》626）		貞：今夕其雨。
合集	12250(《中科院》1138、《合補》3602)		貞：今夕其雨。
合集	12251（《中科院》1143）		貞：今夕其雨。
合集	12252		（1）貞：今夕其雨。 （2）……雨。
合集	12253		貞：今夕其雨。
合集	12255		（1）□□〔卜〕，貞：其冓雨 （2）貞：今夕其雨。
合集	12256		貞：今夕其雨。
合集	12257		貞：今夕其雨。
合集	12258		貞：今夕其雨。
合集	12259		貞：今夕其雨。
合集	12260		（1）貞：今夕其雨。 （2）貞：今□□雨。 （3）……雨。

〔註 6〕蔣玉斌：〈《甲骨文合集》綴合拾遺（第八十三、八十四組）〉，中國社會科學院歷史研究所先秦史研究室網站，2010 年 11 月 12 日 http://.xianqin.org/bog/archives/2889.htm

合集	12261		貞：今夕其雨。
合集	12262		貞：今夕其雨。
合集	12263		貞：今夕其雨。
合集	12264		貞：今夕其雨。
合集	12265		貞：今夕其雨。
合集	12266		貞：今夕其雨。
合集	12267		貞：今夕其雨。
合集	12268（《旅順》622）		貞：今夕其雨。
合集	12269		貞：今夕其雨。
合集	12270		貞：今夕其雨。
合集	12271（《合補》03615）		貞：今夕其雨。
合集	12272		（1）貞：今夕其雨。
合集	12273		貞：今夕其雨。
合集	12274		貞：今夕其雨。
合集	12275		貞：今夕其雨。
合集	12276.1		（1）貞：今夕其雨。 （2）貞：今夕□雨。
合集	12277		貞：今夕其雨。
合集	12278		貞：今夕其雨。
合集	12279		貞：今夕其雨。
合集	12280		貞：今夕其雨。之……
合集	12281		〔貞〕：今夕其雨。

合集	12282		（1）今夕其雨。
合集	12283 反		（1）今夕丙其雨。 （2）今夕不㪉雨。
合集	12284 正		（1）今夕其雨。
合集	12285		（1）今夕其雨。
合集	12286		今夕其雨。
合集	12287 反		（1）今夕其雨。
合集	12288		今夕其雨。
合集	12289		今夕雨。
合集	12290 正（《旅順》633 正）		（1）己未卜，亘，貞：今夕不其雨。
合集	12291		庚申卜，史，貞：今夕不其雨。
合集	12292		□子卜，貞：今□不其雨。
合集	12293		貞：今夕不其雨。
合集	12294		貞：今夕不其雨。
合集	12295		貞：今夕不其雨。
合集	12296		貞：今夕不其雨。
合集	12298（《中科院》1145）		貞：今夕不其雨。
合集	12299 反		（1）貞：今夕不其雨。
合集	12300		貞：今夕不其雨。
合集	12301		貞：今夕不其雨。
合集	12302		（1）貞：今夕不其雨。
合集	12303		〔貞〕：今夕不其雨。

合集	12304		貞：今夕不其雨。
合集	12305		貞：今夕不其雨。
合集	12306		貞：今夕不其雨。
合集	12307		貞：今夕不其雨。
合集	12308		今夕不其雨。
合集	12396 反		王固曰：今夕不雨。翌甲申雨。
合集	12432+19251【《契》50】		（1）貞：今夕其雨。 （2）貞：今夕不雨。 （3）貞：翌戊申其雨。 （4）貞：翌戊申不雨。
合集	12433		（1）貞：今夕其雨。 （2）貞：今夕不雨。之夕不雨。 （3）貞：翌戊申其雨。 （4）貞：翌戊申不雨。
合集	12499		（1）丁丑〔卜〕，□，貞：今夕不雨。一月。
合集	12521		（1）今夕雨。二月。
合集	12538（《旅順》632）	塗朱	貞：今夕不其雨。三月。
合集	12551		貞：今夕雨。四月。
合集	12560		今夕雨。四月。
合集	12574		□□卜，史，〔貞〕：今夕雨。五月。
合集	12575		貞：今夕雨。五月。
合集	12576		（1）貞：今夕不其征雨。 （2）貞：今夕雨。五月。

合集	12581		（1）貞：今〔夕〕不其雨。五月。
合集	12586		（1）貞：今夕不雨。 （2）貞：其〔雨〕祉。六〔月〕。
合集	12606		（2）貞：今夕不雨。七月。
合集	12607		（2）貞：今夕其雨。七月。
合集	12614（《旅順》629）	填墨	（2）〔貞〕：今夕□雨。九月。
合集	12615		貞：今夕不其雨。九月。
合集	12616+《甲》3444+《甲》3448（《合補》3620、《合補》4796）		（2）丁丑〔卜〕，史，〔貞〕……不雨。 （3）□□〔卜〕，□，貞：今夕不雨。九月。
合集	12622		貞：今夕雨。十月。
合集	12623 甲		（5）貞：今夕其雨。十月。 （6）貞：今夕不雨。十月。 （7）貞：今夕其雨。 （8）貞：今夕其雨。 （9）……其雨。 （10）貞：今夕其雨。 （11）貞：今夕其雨。 （12）貞：今夕其雨。
合集	12623 乙		（3）……夕……雨。 （4）〔貞〕：今夕□雨。十月。 （5）貞：今〔夕〕不〔雨〕。
合集	12631		今夕雨。十一月。
合集	12639		〔貞〕：今夕其雨。十二月。

合集	12659 正		（1）貞：今夕其亦盧雨。 （2）今夕不亦盧雨。
合集	12669		〔今〕夕……雨疾。
合集	12670		（1）……雨。 （2）貞：今夕其雨疾。
合集	12671 正		（1）貞：今夕其雨疾。
合集	12692 正		□□〔卜〕，韋，貞：今夕多雨。
合集	12702		□未卜，貞：今夕雨多。
合集	12709	（後「今」字衍）	辛酉卜，貞：今夕今小雨。
合集	12711（《旅順》638）		貞：今夕小其雨。
合集	12712		貞：今夕不其小雨。
合集	12716（《中科院》489）		貞：今夕其亦雨。
合集	12727（《旅順》637）		貞：今夕不其亦雨。
合集	12777(《旅順》606)+《善齋》5-16-13【《契》359】		（1）壬寅卜，史，貞：今夕祉雨。
合集	12778（《合補》03781）		貞：今夕祉雨。□月。
合集	12779		（2）貞：今夕祉雨。
合集	12787（《合集》35656）		貞：今夕〔不〕祉雨。
合集	12788 正		（1）貞：今夕不祉雨。
合集	12789		貞：今夕不其祉雨。
合集	12830 反		乙未卜，〔貞〕：舞，今夕〔㞢〕从雨不。
合集	12931		（1）癸丑，貞：今夕雨。

合集	12932		壬戌卜，〔貞〕：今夕雨。允雨。
合集	12933		貞：今夕其……夕允〔雨〕，小。
合集	12934		今夕允征雨。
合集	12943		庚辰〔卜〕，史，貞：今夕雨。之夕〔允〕雨。
合集	12944		（1）今夕雨。 （2）貞：今夕雨。之夕允雨。
合集	12954 正		（1）今夕雨。
合集	12961		貞：今夕不雨。之夕允不〔雨〕。
合集	12997 反		王固曰：今夕塱雨。
合集	13351		貞：今夕雨。之夕攺。風。
合集	13620 反		（2）今夕雨。
合集	14692		（1）□□卜，亘，貞：今夕不征雨。
合集	15512		庚子卜，今夕不征〔雨〕。
合集	16497+《乙》3135+《乙》3137+《乙補》2751+《乙補》2752+《乙補》3220【《契》237】		（1）……夕雨。 （2）今夕不其雨。
合集	16499		（2）……今夕雨。
合集	16500		（2）貞：今夕不雨。
合集	16501		（1）壬子卜，貞：今〔夕〕不雨。
合集	16551 正		（1）貞：其雨。七〔月〕。 （2）貞：今夕不雨。
合集	16556		（2）貞：〔今〕夕不雨。 （3）貞：其雨。

合集	16565		（1）辛巳〔卜〕，𠱩，貞：今夕不雨。
合集	16573		（2）貞：今夕不雨。十一月。
合集	16588		（3）戊寅〔卜〕，□，貞：今〔夕不〕雨。
合集	16610		（3）丙戌卜，貞：今夕不〔雨〕。
合集	17564 正		辛丑卜，韋，貞：今夕其雨。
合集	19710		（2）……今夕雨。
合集	20912		（1）庚辰卜，𠂇，今夕其雨。允雨，少。 （2）庚〔辰〕卜，𠂇，隹于辛巳其雨，雨少。
合集	20913		己卯卜，今夕雨。
合集	20914		乙酉卜，雨。今夕雨，不雨。四月。
合集	20915		今夕其雨。
合集	20916		今夕雨，不雨。
合集	20917		今夕不雨。
合集	20954+21032（《合補》6926 遙綴） 【《綴彙》20】		（12）□酉卜，及今夕雨。 （13）……夕雨。
合集	20961		（1）丙戌卜，雨今夕不。 （2）丙戌卜，三日雨。丁亥隹大食雨？
合集	20974		（1）己酉卜……雨[illegible]，雨。各云，〔不〕雨。 （2）丙戌卜，于戊雨。 （3）丙戌卜，□[illegible]舞[illegible]，雨，不雨。 （4）丁亥卜，舞[illegible]，今夕雨。

合集	20975		（2）壬午卜，[illegible]，桒山、[illegible]，雨。 （3）己丑卜，舞羊，今夕从雨，于庚雨。 （4）己丑卜，舞〔羊〕，庚从雨，允雨。
合集	22539		（3）辛亥卜，旅，貞：今夕不雨。 （4）〔壬〕子卜，旅，貞：王室日，不雨。
合集	23181+25835【《甲拼續》395】		（5）戊戌卜，行，貞：今夕不雨。 （6）貞：其雨。才六月。
合集	24365		（1）□□〔卜〕，行，〔貞：今〕夕〔不〕雨。 （2）貞：其雨。才旛卜。
合集	24684		（1）……其雨。 （2）……〔今〕夕不雨。之夕允不雨。
合集	24703		（1）貞：其雨。 （2）……〔今〕夕……雨。
合集	24723		（1）貞：不其雨。 （2）〔辛〕丑卜，貞：今夕〔其雨〕。
合集	24769		（1）丁酉卜，王，〔貞〕：今夕雨，至于戊戌雨。戊戌允夕雨。四月。
合集	24770		（1）丁卯〔卜〕，貞：今〔夕〕雨……允雨。 （2）丁卯卜，貞：今夕雨。之夕允雨。 （3）貞：今夕雨。 （4）貞：今夕雨。
合集	24771		貞：今夕雨。之夕允不雨。
合集	24772		（1）癸巳卜，行，貞：今夕雨。才□〔月〕。 （2）……其雨。〔才〕四月。

合集	24773		（1）丁未卜，王，貞：今夕雨。吉，告。之夕允雨，至于戊申雨。才二月。
合集	24775（《中科院》1424）		貞：今夕雨。六月。
合集	24776		己亥卜，尹，貞：今夕雨。
合集	24778（《合集》29950）		（1）庚午〔卜〕，貞：今夕雨。 （2）貞：不雨。才二月。
合集	24779		（2）今夕雨。 （3）……〔𠂤〕㱿卜……其雨。〔才〕四月。
合集	24780		（1）□酉卜，即，〔貞〕：今夕〔其〕雨。 （2）貞：不其雨。
合集	24781		（1）貞：今夕不其雨。 （2）貞：今夕雨。 （3）……雨。
合集	24782		丁卯卜，〔逐〕，貞：今夕雨。
合集	24783		□□〔卜〕，[illegible]，〔貞〕：今夕雨。
合集	24784		貞：今夕雨。
合集	24785		貞：今夕〔不〕雨。
合集	24786		貞：今夕雨。
合集	24787		貞：今夕雨。
合集	24788		貞：今夕雨。
合集	24789		貞：今夕雨。
合集	24790		（1）貞：今夕雨。

合集	24791+24803【《甲拼三》713】		（1）貞：今夕〔不〕雨。 （2）貞：〔其雨〕。才〔四月〕。 （3）貞：其雨。才四月。 （4）貞：其雨。才𠂤。 （5）貞：其雨。才四月。 （6）貞：今夕不雨。 （7）貞：其雨。 （9）貞：今夕不雨。才五月。 （10）貞：其雨。 （12）貞：今夕不雨。才五月。 （13）〔貞〕：其雨。
合集	24792		□卯卜，貞：今夕雨。
合集	24793		□□卜，冎，〔貞〕：今夕雨。
合集	24794		（1）……今夕雨。 （2）貞……雨。
合集	24795（《合集》40283、《合集》41096）		□辰卜，冎，〔貞〕：今夕雨。
合集	24796		丁丑〔卜〕，出，貞：〔今〕夕雨。之夕〔允雨〕。
合集	24797		□□卜，出，〔貞〕：今夕雨。
合集	24798		（2）□□〔卜〕，〔祝〕，〔貞：今〕夕……雨。
合集	24799		□辰卜，〔貞〕：今夕雨。
合集	24800		（1）丁酉〔卜〕，□，貞：今〔夕〕雨。 （3）貞：不雨。
合集	24801		（1）貞：今夕雨。

合集	24802		（3）戊辰卜，行，貞：今夕不雨。 （4）貞：其雨。才三月。
合集	24804		（1）辛未卜，行，貞：今夕不雨。 （2）□□卜，行，〔貞：今〕夕□雨。 （3）乙亥卜，行，貞：今夕不雨。 （4）貞：其雨。才五月。 （5）……雨……五月。 （6）……雨……五月。
合集	24805		（3）辛未卜，行，貞：今夕不雨。才十二月。 （4）……亡……雨。
合集	24807		（2）壬辰卜，貞：今夕不雨。
合集	24808		乙未卜，出，貞：今夕不雨。
合集	24809		己巳卜，貞：今夕不雨。
合集	24810		（1）丙申卜，貞：今夕不雨。 （2）貞：今夕其雨。八月。
合集	24811		貞：今夕雨。之夕允雨。
合集	24812		（2）貞：今夕不雨。 （3）貞：其雨。 （4）不雨。
合集	24813		（1）貞：今夕不雨。之夕…… （2）貞：今夕不雨，之夕允不〔雨〕。
合集	24814		（2）貞：今夕不雨。 （3）貞：其雨。

合集	24815		戊申卜，冎，貞：今夕不雨。
合集	24816		（2）……今夕不雨。
合集	24817		貞：今夕不雨。
合集	24818		乙卯卜，貞：今夕不雨。
合集	24819		貞：今夕不雨。
合集	24820		（1）貞：今夕不雨。
合集	24821		貞：今夕不雨。
合集	24822		……貞：今夕不雨。才四月。
合集	24823		貞：今夕不雨。
合集	24824		（1）貞：今夕不雨。
合集	24825		貞：今夕不雨。
合集	24826		貞：今夕不雨。
合集	24827		（1）貞：今夕不雨。 （2）〔貞〕……雨。
合集	24828		貞：今夕不雨。
合集	24829		貞：今夕不雨。
合集	24830		貞：今夕不雨。
合集	24831		貞：今夕不雨。
合集	24832		貞：今夕不雨。
合集	24833		貞：今夕不雨。
合集	24834		貞：今夕不雨。
合集	24835		……夕不雨。

合集	24836（《合補》13221）		（1）貞：今夕不雨。
合集	24837		□□〔卜〕，即，〔貞〕：今夕〔不〕雨。
合集	24838		（1）貞：今〔夕〕不雨。
合集	24840		貞：今夕其雨。
合集	24841		貞：今夕其雨。
合集	24842		貞：今夕其雨。
合集	24843		貞：今夕其雨。
合集	24844（《旅順》1575）		貞：今夕其雨。
合集	24845		（1）貞：今夕其雨。
合集	24846		貞：今夕其雨。
合集	24847（《中科院》1423）		貞：今夕其雨。
合集	24848		貞：今夕其雨。
合集	24849		貞：今夕其雨。
合集	24850		貞：今夕其雨。
合集	24851		貞：今夕其雨。
合集	24852		〔貞〕：今夕其雨。
合集	24853		（1）〔貞：今〕夕其雨。允雨。
合集	24857		（1）貞：今夕不其雨。 （2）……其雨。
合集	24858		貞：今夕不其雨。
合集	24859+《明後》2087		（3）庚子卜，貞：今夕祉雨。
合集	24861		貞：今夕允不祉雨。

合集	24862		□午卜，冎，〔貞：今〕夕不祉雨。
合集	27219+34107（《合補》8725）		（3）己丑卜，今夕大雨。
合集	27708		（1）□□卜，洋，貞：今夕不雨。
合集	28776		（1）王□田□，不〔雨〕。 （2）王其戰，不雨。 （3）丁巳卜，今夕不雨。
合集	29685		（1）今日乙〔王〕其田，湄〔日〕不雨。大吉 （2）其雨。吉 （3）翌日戊王其省牢，又工，湄日不雨。吉 （4）其雨。吉 （5）今夕不雨。吉 （6）今夕其雨。吉 （7）□日丁□雨。
合集	29730		（2）貞：今夕雨。
合集	29927		今夕雨。
合集	29928		今夕雨。
合集	29929		貞：今夕雨。
合集	29930		（1）〔今〕夕□雨。 （2）□夕□雨。
合集	29931		貞：今夕其雨。
合集	29932		貞：今夕雨。
合集	29933		貞：今夕雨。一月。
合集	29934		（1）貞：今夕雨。

合集	29935		（1）貞：今夕不雨。
合集	29936		〔今〕夕雨。
合集	29937		（1）貞：今夕其雨。 （2）□□〔卜〕，何，〔貞〕……雨。
合集	29938		（1）貞：今夕其雨。
合集	29939		（1）□□〔卜〕，何，貞：今夕不雨。
合集	29940		（1）今夕不雨。
合集	29941		（1）今夕不雨。 （2）今夕其雨。 （3）……不雨。
合集	29942		（1）□□〔卜〕，何，貞：今夕不〔雨〕。 （1）□□〔卜〕，〔何〕，貞：今夕不雨。
合集	29943	另有數字為習刻，不成文句	貞：今夕不其〔雨〕。
合集	29944		（1）今夕雨。 （2）辛雨。 （3）壬雨。
合集	29945		（1）貞：今夕雨。 （2）不雨。
合集	29946（《中科院》1135）		（1）貞：今夕不雨。 （2）〔貞〕：今夕□雨。
合集	29947		（1）今夕不雨。
合集	29948		貞：今夕不雨。

合集	29949		（2）……夕不雨。
合集	29951		貞：今夕不其雨。
合集	29952		（1）今夕不雨。 （2）……雨。
合集	29953		（1）今夕不雨。 （2）……〔雨〕。
合集	29954		甲戌卜，貞：今夕雨。
合集	29955		□戌卜，貞：今夕雨。允雨。
合集	29956		乙亥卜，壴，貞：今夕雨。
合集	29957+30959（《合補》9484）		（4）丁丑卜，何，貞：今夕雨。
合集	29958		丁巳卜，今夕雨。吉
合集	29959		庚申卜，口，貞：今夕不雨。
合集	29960（《旅順》1587）		癸巳卜，囗，貞：今夕亡雨。
合集	29992		其彭方，今夕又雨。吉　茲用
合集	30050		（1）自乙至丁又大雨。 （2）乙夕雨。大吉 （3）丁亡其大雨。 （4）今夕雨。吉 （5）今夕不雨，入。吉
合集	30061		今夕亡大雨。吉　吉
合集	30104		（1）其遘雨。 （2）今夕不遘雨。 （3）今夕其〔遘雨〕。

合集	30693		（7）今夕雨。 （8）……雨。
合集	31035+《合補》9211+《合補》9465【《甲拼續》419】		（3）今夕雨。 （4）翌日雨。
合集	38138		戊子卜，〔貞〕：今夕雨。〔茲〕卬。
合集	31582+31547+31548（《合補》9563）		（5）貞：今夕攺，不雨。 （6）貞：今夕其不攺。雨。 （11）貞：今夕攺，不雨。 （12）〔貞〕：今夕〔不〕其攺，不雨。 （17）貞：今夕不雨。 （18）……雨。 （22）貞：今夕其雨。 （23）貞：今夕不其雨。 （24）貞：今夕取岳，雨。 （25）貞：今夕其雨。 （27）貞：今夕其雨。 （28）……夕……雨。
合集	31567		（2）貞：今夕不雨。
合集	31579		（2）……今夕雨。
合集	31590		（2）貞：今夕雨。 （3）貞：今夕〔不〕雨。
合集	31636		（1）庚午卜，貞：今夕亡雨。
合集	33273+41660+《合補》10639（《合補》10639）【《綴彙》4】	（7）其中一「于」字為衍文。	（5）戊辰卜，及今夕雨。 （6）弗及今夕雨。

			（7）癸酉卜，又尞于于六云，五豕卯五羊。 （9）尞于岳，亡从才雨。 （11）癸酉卜，又尞于六云，六豕卯六羊。 （15）隹其雨。 （18）庚午，尞于岳，又从才雨。 （20）今日雨。
合集	33838		（1）〔丁〕酉卜，戊戌雨。允雨。 （2）丁酉卜，戊戌雨。允雨。 （3）〔丁〕酉卜，己亥雨。 （4）丁酉卜，辛〔丑〕至癸卯〔雨〕。 （5）丁酉……庚子雨。 （6）辛丑卜，不征雨。 （7）癸卯卜，己巳雨。允雨。 （8）癸丑卜，己卯雨。 （9）及今夕雨。 （10）不雨。 （11）允不雨。
合集	33910		乙卯卜，今夕不雨。
合集	33911		（1）貞：今夕不雨。 （2）貞：今夕其雨。
合集	33912		（1）己未卜，今夕雨。
合集	33913		（1）今夕雨。 （3）……其雨。
合集	34697		（1）貞：〔今〕夕其雨。

合集	38123		（1）己卯卜，貞：今夕不雨。 （2）其雨。
合集	38145		丁未卜，貞：今夕不雨。
合集	38158		（1）今夕〔不〕雨。
合集	38179		（1）弗灉，□月又大雨。 （2）壬寅卜，貞：今夕征雨。 （3）不征雨。
合集	39768（《英藏》01555）		（1）貞：〔今〕夕其多雨。
合集	40211（《合集》12533）		今夕〔㞢雨〕。之夕允雨，小。三月。
合集	40281		（1）貞：今夕雨。
合集	40282		貞：今夕雨。
合集	40284		〔今〕夕雨。九月。
合集	40285（《英藏》01030 正）		（2）丁亥〔卜〕，今夕〔其〕雨，亡□。
合集	40288		貞：今夕不雨。
合集	40289		貞：今夕不雨。
合集	40290		貞：今夕〔不〕雨。
合集	40291		貞：今夕不雨。
合集	40292		（1）貞：今夕雨。
合集	40294		貞：今夕雨。
合集	40295		貞：今夕雨。
合集	40296		〔貞〕：今夕雨。
合集	40298（《英藏》02064）		丁巳卜，貞：今夕不雨。
合集	40299		貞：今夕不雨。

合集	40300		貞：今夕其雨。
合集	40301		貞：今夕其雨。
合集	40843		□酉卜，[illegible]，〔今〕夕不雨。
合集	40866+《庫》976（《合補》13267 遙綴）		（1）戊寅卜，巫又伐，今夕雨。 （3）于乙卯雨。 （6）癸未卜，雨。 （7）丙戌卜，丁亥雨。 （8）丙戌卜，戊子雨。 （9）庚寅不雨。 （10）辛卯雨。 （11）癸巳卜，甲午雨。 （13）戊子卜，至庚寅雨。
合集	41098		貞：今夕其雨。
合集	41099		貞：今夕不雨。
合集	41100		貞：今夕不雨。
合集	41101		貞：今夕不雨。
合集	41103（《英藏》02075）		（1）壬申卜，貞：翌癸酉不雨。 （3）今夕其雨。
合集	41104		貞：今〔夕〕不其雨。
合集	41105		貞：今夕不其〔雨〕。
合補	655（《天理》131）		（1）貞：今夕不大雨疾。
合補	3492		□□卜，貞：今夕雨。
合補	3545		……今夕雨。

合補	3549（《東大》93 正）		（2）貞：今夕雨。
合補	3552		（1）丁酉卜，貞：今夕〔雨〕。
合補	3554		……今夕雨。
合補	3555		（1）貞：今夕雨。
合補	3556		（1）貞：今夕不其雨。 （2）……不其〔雨〕。
合補	3557		（2）……今夕雨。
合補	3558		……今夕雨。
合補	3559		貞：今夕其雨。
合補	3560		（1）貞：〔今〕夕雨。 （2）□寅卜……〔今〕夕雨。
合補	3561		貞：今夕其雨。
合補	3562		□□卜……今夕雨。
合補	3563		貞：今夕其雨。
合補	3564		今夕雨。
合補	3565		（1）貞……雨。 （2）……今夕雨。
合補	3566		……今夕其雨。
合補	3568		貞：今夕不雨。
合補	3569		貞：今夕雨。
合補	3570		……〔今〕夕其雨。
合補	3571		貞：今夕雨。

合補	3573		……今夕雨。
合補	3574		貞：今夕雨。
合補	3575		□子卜，□，貞：今夕□雨。
合補	3576		……今夕雨。
合補	3577 正（《東大》57 正）		（1）□戌卜……今夕不雨。
合補	3578		貞：今夕其雨。
合補	3579（《東大》59）		庚午卜，貞：今夕其雨。
合補	3580		貞：今夕不雨。
合補	3581		貞：今夕不雨。
合補	3582		貞：今夕不雨。
合補	3583		貞：今夕不雨。
合補	3584		……〔今〕夕不雨。
合補	3585		……今夕不雨。
合補	3587		……今夕不雨。
合補	3588		（2）□□卜，今夕雨。
合補	3589		……貞：〔今〕夕□雨。
合補	3590		□□卜，古，〔貞〕今夕雨。
合補	3591（《懷特》221）		貞：今夕不雨。
合補	3592		貞：今夕不其雨。
合補	3593		……今夕雨。
合補	3595		貞：今夕不雨。
合補	3596（《懷特》228）		貞：今夕其雨。

合補	3598		貞：今夕雨。之夕□雨。
合補	3600（《懷特》223）		（1）貞：今夕不其雨。
合補	3601		貞：今夕不其〔雨〕。
合補	3603		□子卜，〔貞〕今夕□雨。
合補	3604		（2）……今夕雨。
合補	3605		……今夕雨。
合補	3607		……今夕雨。
合補	3608		貞：今夕不雨。
合補	3609（《中科院》1126）		今夕雨。
合補	3610		貞：今夕其雨。
合補	3611		（1）貞：今夕其雨。
合補	3612 正（《懷特》210 正）		……今夕不雨。
合補	3613（《中科院》1131）		（1）貞：今夕不雨。 （2）……雨。
合補	3614		貞：今夕雨。
合補	3616（《中科院》493）		……〔今〕夕其雨。
合補	3617		（1）貞：今〔夕〕不雨。
合補	3618（《中科院》1128）		……今夕雨。
合補	3619（《懷特》201）		丁亥……貞：今夕不雨。
合補	3621（《懷特》200）		貞：今夕不雨。
合補	3622（《懷特》190）		辛亥卜，史，〔貞〕：今夕雨。

合補	3623（《中科院》1124）		貞：今夕雨。
合補	3625		（2）……貞：〔今〕夕亡□雨。
合補	3626（《懷特》197）		（1）貞：今夕其雨。 （2）貞：今夕其雨。
合補	3627		貞：今夕雨。
合補	3628		貞：今夕雨。
合補	3629		庚子卜，貞：今夕不雨。
合補	3631（《天理》643）		（1）貞：今夕雨。
合補	3633		貞：今夕雨。
合補	3673		貞：今〔夕〕其雨。
合補	3707		貞：今夕不其雨。三月。
合補	3754（《懷特》204）		（2）今夕雨。 （3）不其雨。二月。 （5）今夕雨。 （6）不其雨。二月。 （7）貞……夕其雨。 （8）……不其雨……月。 （9）己酉卜，自今五日雨。 （10）貞：不雨。 （11）貞：不雨。 （12）己酉卜，貞：自今旬雨。
合補	3764（《懷特》198）		（1）貞：今夕不雨。

合補	3782		貞：今夕祉雨。
合補	4727		（2）……今夕雨。
合補	7381（《東大》630）		（2）貞：今夕其雨。之夕允雨。十月。才圉。
合補	7382（《東大》631）		乙亥卜，貞：今夕不雨。
合補	7383 正（《東大》628 正）		（1）貞：今夕雨。十一月。
合補	7384		貞：今夕雨。
合補	7385		今夕不雨。
合補	7386		□□〔卜〕，出，〔貞〕今夕□雨。
合補	7387		□酉卜，□，〔貞〕今夕□雨。
合補	7388		……今夕雨……
合補	7389		……貞：今夕□雨。之〔夕〕不雨。
合補	7390（《懷特》1097）		（2）貞：今夕雨。
合補	7391（《懷特》1092）		（1）貞……雨。 （2）貞：今夕不雨。
合補	7392		貞：今夕其雨。
合補	7393		（1）貞：今夕其雨。
合補	7394		貞：今夕不□雨。
合補	7397（《東大》632）		貞：今夕雨。
合補	7399		……今夕□雨。
合補	7400		貞：今夕不雨。
合補	7404 正（《東大》629 正）		貞：今夕不雨。
合補	7405		貞：今夕雨。

合補	7407		貞：今〔夕〕不雨。
合補	7410		（1）□□〔卜〕，貞：今夕其雨。 （2）……今〔夕〕其……雨。
合補	7413		□□〔卜〕，□，貞：今〔夕〕不雨。
合補	7414		（1）貞：今〔夕〕其雨。
合補	7416（《懷特》1083）		（1）貞：今夕不雨。
合補	7434		乙巳〔卜〕，大，貞：〔今〕夕雨。
合補	7459		□未卜，〔貞〕今夕雨。□月。
合補	9477		（1）今夕雨。 （2）今夕雨。
合補	9478（《中科院》1513）		今夕其雨。
合補	9479		（1）今夕其雨。
合補	9480		貞：今夕其雨。
合補	9483（《東大》633）		今夕雨。不雨。
合集	29957+30959+《合補》10389（《合補》9484）+《甲》2514+《甲》2533+《合補》9372【《綴彙》478】		（6）丁丑卜，何，貞：今夕雨。
合補	9485		今夕其雨。
合補	9489		□今夕□雨。
合補	9490		貞：今夕不雨。
合補	9491		□今夕□雨。
合補	9493		（2）貞：今夕其雨。

合補	9494（《中科院》1137）		貞：今夕不其雨。
合補	9496		□今夕雨。
合補	9498		今夕雨。
合補	9499		今夕雨。
合補	9501		□寅卜……今夕雨。
合補	9502		今夕雨。
合補	9503		□巳卜……今夕雨。
合補	9506		今夕雨。
合補	9508（《天理》670）		貞：今夕不雨。
中科院	491		……今夕□雨。
中科院	1132+1144【《契》314】		貞：今夕不其雨。四月。
中科院	1140		〔貞〕：今夕〔其〕雨。
屯南	0208		（1）翌日辛不雨。 （2）其雨。 （3）翌日辛不雨。 （4）其雨。 （5）今夕雨。
屯南	1062		（2）丙寅，貞：又于[illegible]小宰，卯牛一。茲用。不雨。 （8）戊辰〔卜〕，及今夕雨。 （9）弗及今夕雨。
屯南	1107		（1）丁〔巳〕□，今夕雨。 （2）不雨。

屯南	2348		（1）丁酉卜，雨今夕。
屯南	3598		（1）今日至辛卯雨。 （2）丁丑卜，及今夕雨。
屯南	附 16		（1）……貞：今夕其雨。
北大	1438		（1）貞：今夕不雨。 （2）庚辰卜，貞：今……亡囚。
北大	1443		今夕雨，乙雨。允。
北大	1444		（1）貞：今夕不雨。八月。
史語所	96		（1）貞：今夕其雨。 （2）今夕不雨。
史語所	97		今夕不雨。
史語所	210		貞：今夕不其雨。
史語所	212		今夕不雨。
花東	103	（4）衍一「子」字	（1）丁卯卜，雨不至于夕。 （2）丁卯卜，雨其至于夕。子𠫤曰：其至，亡翌戊，用。 （3）己巳卜，雨不祉。 （4）己巳卜，雨不祉。子子𠫤曰：其祉冬日。用。 （5）己巳卜，才𣄰，其雨。子𠫤曰：其雨亡司，夕雨。用。 （6）己巳卜，才𣄰，其雨。子𠫤曰：今夕其雨，若。己雨，其于翌庚亡司。用。
英藏	01028		貞：今夕〔其〕雨。
英藏	01029		今夕雨。
英藏	01031		（2）……〔今夕□雨〕。

英藏	01032		(1)〔今夕〕不〔其〕雨。
英藏	02060		己酉卜，出，貞：今夕雨。
英藏	02061		貞：今夕雨。
英藏	02062		(1) 貞：今夕雨。
英藏	02063		(1) 貞：今〔夕〕雨。 (2) ……夕……雨。
英藏	02065		貞：今夕不雨。
英藏	02066		貞：今夕不雨。
英藏	02067		……今〔夕〕不雨。
英藏	02069		貞：今夕不其雨。六〔月〕。
英藏	02070		貞：今夕不其〔雨〕。
英藏	02072		癸□卜，〔兄〕，貞：今〔夕〕不雨。
英藏	Y 補 22		貞：今夕雨。
旅順	605		(2)〔己〕亥卜，〔史，貞〕：今〔夕祉〕雨。 (3) 不祉雨。
旅順	607		〔□□卜〕，史，〔貞：今夕〕祉〔雨〕。
旅順	614		……貞……〔今〕夕雨。
旅順	615	填墨	今夕雨。
旅順	616	填墨	庚申卜，貞：今夕雨。
旅順	617	填墨	今夕雨。
旅順	618		貞：今夕雨。
旅順	619	填墨	今夕雨。

旅順	623	塗朱	（1）貞：今夕其雨。
旅順	625 正	填墨	□午卜，穷，貞：今……〔固曰〕：今夕其雨。
旅順	628	「雨」缺刻橫劃。	貞：今夕其雨。
旅順	630		貞：今夕□雨。
旅順	634	填墨	……〔今〕夕不□雨。
旅順	635	填墨	貞：今夕不〔雨〕。
旅順	636	填墨	（1）癸酉卜，貞：今夕不雨。
旅順	641		貞：今夕其雨。
旅順	1582		……〔今〕夕不雨。
旅順	1589		今夕雨。
旅順	1590	填墨	貞：今夕雨。
旅順	1591		今夕雨。
旅順	1592		……今夕雨。
旅順	1780	填墨	甲戌卜，貞：今夕雨。
愛米塔什	119（《劉》082）	填墨	貞：今夕不雨。
愛米塔什	120（《劉》078）		今夕雨。
愛米塔什	177（《劉》075）		（2）戊寅卜，妥，弗今夕雨。
懷特	203		貞：今夕不其雨。
懷特	224		（1）貞：今〔夕〕不雨。
懷特	232		（2）貞：今夕不雨。
懷特	1114		□申卜，貞：今夕不雨。

蘇德美日	《德》172 反		貞：今夕其雨。之〔夕〕……
蘇德美日	《美》15		貞：今夕其雨。
蘇德美日	《美》16		貞：今夕不其雨。

（六）今夕……雨

著　錄	編號／【綴合】／（重見）	備　註	卜　辭
合集	12478（《中科院》1121）		貞：今夕□□。之夕雨。
合集	13080（《中科院》1151）		貞：今〔夕不〕攸，〔雨〕。〔註 7〕
合集	27947		□未卜，今夕馬其先，戊其雨。
合集	30841		（2）叀今夕彡，又雨。 （3）叀癸彡，又雨。
合集	31582+31547+31548（《合補》9563）		（5）貞：今夕攸，不雨。 （6）貞：今夕其不攸。雨。 （11）貞：今夕攸，不雨。 （12）〔貞〕：今夕〔不〕其攸，不雨。 （17）貞：今夕不雨。 （18）……雨。 （22）貞：今夕其雨。 （23）貞：今夕不其雨。 （24）貞：今夕取岳，雨。 （25）貞：今夕其雨。

〔註 7〕「夕不」二字，據《中科院》補。

			（27）貞：今夕其雨。 （28）……夕……雨。
合集	33945		（1）……今夕至丁亥征大雨。 （2）征雨。 （3）……雨。
合集	34503		□巳，貞：今夕□，乙亥彭，雨。
合補	7395		貞：今夕……雨。
合補	7396		乙□〔卜〕，旅，〔貞〕今夕……雨。
合補	7403		貞：今夕……雨……
合補	7406		貞：今〔夕〕……雨。
合補	7408		貞：今〔夕〕……雨。
合補	7411		□午卜，□，今〔夕〕……雨。
合補	7412		貞：今〔夕〕……雨。
合補	7442		……今夕……雨……
合補	9482		（2）貞：今夕……雨。
合補	9495		□子卜……今夕……雨。
合補	13223		……貞：今夕……雨。
中科院	1141		……今夕……〔其雨〕。
村中南	373		（2）戊子卜：至壬辰雨？不雨。 （3）戊〔子〕□：今夕……雨？
英藏	02068		□□卜，出，〔貞〕：今夕……雨。
旅順	758	填墨。「之」字左側有刮削字跡「雨」。	（1）甲戌〔卜〕……今夕……之夕……雨……

旅順	1593	填墨	……〔貞〕：今夕……雨。
旅順	1781		（2）貞：今□不〔雨〕。 （3）……今夕……雨。
懷特	1088		庚……出，貞……今夕不……雨。
懷特	1090		……今夕……雨。

（七）今夕允雨

著　錄	編號／【綴合】／（重見）	備　註	卜　辭
合集	12231 反		〔今〕夕允〔雨〕

（八）今夕□雨

著　錄	編號／【綴合】／（重見）	備　註	卜　辭
合集	12208		（1）〔貞〕：今夕□雨。 （2）貞：今夕不雨。
合集	12224		（1）庚子卜，今夕不雨。 （2）〔今〕夕□雨。
合集	12235		庚申卜，貞：今夕□雨。
合集	12237 甲		貞：今夕□雨。
合集	12241 反		（1）□□夕□雨。 （2）貞：今夕其雨。 （3）王固曰：其雨。
合集	12276		（2）貞：今夕□雨。
合集	12548		（1）庚辰〔卜〕，貞：今夕□雨。 （2）貞：其雨。四月。

合集	12614		(2)〔貞〕：今夕□雨。九月。
合集	12623 乙		(3)……夕……雨。 (4)〔貞〕：今夕□雨。十月。 (5)貞：今〔夕〕不〔雨〕。
合集	17680 正		王固曰：□。今夕□雨，叀若。〔之〕夕允……己亥……

（九）今干支夕不雨

著　錄	編號／【綴合】／（重見）	備　註	卜　辭
合集	12222		〔貞〕：今己巳夕不雨。
合集	12223		(1)貞：今壬子夕不雨。

（十）今日夕……雨

著　錄	編號／【綴合】／（重見）	備　註	卜　辭
合集	41091（《英藏》02083）		(2)□卯卜，出，貞：今日夕㞢雨，于盥室牛不用。九月。

（十一）日夕雨

著　錄	編號／【綴合】／（重見）	備　註	卜　辭
合集	12236		(1)……日夕雨。
合集	12940		(2)……〔雨〕。〔之日〕允夕……

（十二）之夕雨

著　錄	編號／【綴合】／（重見）	備　註	卜　辭
合集	11814+12907【《契》28】		(3)壬戌卜，癸亥雨。之夕雨。
合集	12477		(3)癸卯卜，貞：夕亡囚。之夕雨。

合集	12478（《中科院》1121）		貞：今夕□□。之夕雨。
合集	12479		……其……之夕雨。
合集	12578 正		……之夕雨。五月。
合集	12831 反		（2）之夕雨。
合集	13283 正		（2）庚〔子昜〕日……攺，勿〔昜〕。之夕雨，庚子攺。
合集	13363		（9）丁卯卜，貞：夕。之〔夕〕雨。
合集	13399 正		己亥卜，永，貞：翌庚子酌……王固曰：茲隹庚雨卜。之〔夕〕雨，庚子酌三嗇云，蠢〔其〕……既祀，攺。

（十三）今夕允・雨

著　錄	編號／【綴合】／（重見）	備　註	卜　辭
合集	12934		今夕允征雨。

（十四）之夕允・雨

著　錄	編號／【綴合】／（重見）	備　註	卜　辭
合集	7709 反		（2）之夕允雨。
合集	10222		（1）……今夕其雨……其雨。之夕允不雨。
合集	11917		（1）己卯卜，爭，貞：今夕〔其雨〕。王固曰：其雨。之夕〔允雨〕。
合集	12533（《合集》40211）		……〔今夕〕……之夕允雨小。三月。
合集	12562（《合集》24854）		……雨。之夕允不雨。四月。
合集	12943		庚辰〔卜〕，史，貞：今夕雨。之夕〔允〕雨。

著錄	編號／【綴合】／（重見）	備註	卜辭
合集	12944		（1）今夕雨。 （2）貞：今夕雨。之夕允雨。
合集	12945		□卯雨。之夕允雨，多。
合集	12946		……雨。之夕允雨。一月。
合集	12948 反		（2）丁・王亦固曰：其亦雨。之夕允雨。
合集	12949		王固曰……之夕允〔雨〕。
合集	12951		……今日不雨，于丁。之夕允〔雨〕。
合集	12953		（2）之夕允〔雨〕。
合集	12954 反		（3）之夕允雨。
合集	12956		辛……其雨。之夕〔允雨〕。
合集	12958		之夕允不雨。
合集	12961		貞：今夕不雨。之夕允不〔雨〕。

（十五）冬夕雨

著　錄	編號／【綴合】／（重見）	備　註	卜　辭
合集	12998 正		（1）貞：不其冬夕雨。

（十六）……夕・雨

著　錄	編號／【綴合】／（重見）	備　註	卜　辭
合集	12241 反		（1）□□夕□雨。 （2）貞：今夕其雨。 （3）王固曰：其雨。
合集	12498		□夕雨。一月。

著錄	編號／【綴合】／（重見）	備註	卜辭
合集	12703		（1）□申卜，□，貞：□夕〔多〕雨。
合集	12953		（1）貞：□夕雨。
合集	13020		（2）□□卜，□，貞：□夕雨……囚。
合集	29930		（1）〔今〕夕□雨。 （2）□夕□雨。

（十七）……夕允・雨

著　錄	編號／【綴合】／（重見）	備　註	卜　辭
合集	12612		……夕允雨。八月。才□。
合集	12933		貞：今夕其……夕允〔雨〕，小。
合集	12947		□征雨。□夕允〔征雨〕。
合集	12959		□夕允不〔雨〕。
合集	13869		（5）……夕允雨。

（十八）夕・祭名・雨

著　錄	編號／【綴合】／（重見）	備　註	卜　辭
合集	14446		……夕㚇〔于〕岳。〔雨〕。
合集	15833		丙子卜，□，貞：王往……夕禣……冓〔雨〕。

（十九）夕・祭名・允雨

著　錄	編號／【綴合】／（重見）	備　註	卜　辭
合集	12908		（1）〔丁〕酉雨。之夕𠂤，丁酉允雨，少。 （2）〔丁〕酉卜，翌戊戌雨。

			（3）庚午卜，辛未雨。 （4）庚午卜，壬申雨。壬申允雨。□月。 （5）□□卜，癸酉雨。
合集	12915		……雨。之〔夕〕㞢，辛〔未〕允雨。

十五、中滕——雨

（一）中滕・雨

著　錄	編號／【綴合】／（重見）	備　註	卜　辭
合集	20964+21310（《合補》6862）+21025 +20986【《甲拼》21、《綴彙》165】		（1）癸卯卜，貞：旬。四月乙巳〔中〕滕雨。 （3）癸丑卜，貞：旬。五月庚申寐，允雨自西。夕既。 （4）辛亥[illegible]雨自東，小……

十六、寐——雨

（一）寐・允雨

著　錄	編號／【綴合】／（重見）	備　註	卜　辭
合集	20964+21310（《合補》6862）+21025 +20986【《甲拼》21、《綴彙》165】		（1）癸卯卜，貞：旬。四月乙巳〔中〕滕雨。 （3）癸丑卜，貞：旬。五月庚申寐，允雨自西。夕既。 （4）辛亥[illegible]雨自東，小……

十七、人定——雨

（一）人定・雨

著　錄	編號／【綴合】／（重見）	備　註	卜　辭
合集	1079		甲辰……至戌……定人〔雨〕。

合集	4315		□辰卜，翌□弜田□攴，定人雨。
合集	20398		（2）戊寅卜，于癸舞，雨不。 （3）辛巳卜，取岳，从雨。不比。三月。 （4）乙酉卜，于丙桒岳，从。用。不雨。 （7）乙未卜，其雨丁不。四月。 （8）以未卜，翌丁不其雨。允不。 （10）辛丑卜，桒雵，从〔雨〕。甲辰定，雨小。四月。
合集	20945		□卯卜，王〔貞〕：旬五月。□定，大雨。
合集	21021 部份+21316+21321+21016 【《綴彙》776】		（1）癸未卜，貞：旬。甲申人定雨……雨……十二月。 （4）癸卯貞，旬。□大〔風〕自北。 （5）癸丑卜，貞：旬。甲寅大食雨自北。乙卯小食大啟。丙辰中日大雨自南。 （6）癸亥卜，貞：旬。一月。昃雨自東。九日辛丑大采，各云自北，雷祉，大風自西刜云，率〔雨〕，母蕭日……一月。 （8）癸巳卜，貞：旬。之日巳，羌女老，祉雨小。二月。 （9）……大采日，各云自北，雷，風，茲雨不祉，隹姈…… （10）癸亥卜，貞：旬。乙丑夕雨，丁卯明雨……采日雨。〔風〕。己明啟。三月。

十八、夗——雨

（一）夗雨

著　錄	編號／【綴合】／（重見）	備　註	卜　辭
合集	11845		（2）……不雨。丁陰，庚夗雨，于壬雨……

合集	20957		(1)……于辛雨，庚夕□雨。辛攸。 (2)己亥卜，庚又雨，其夕允雨，不□……昃攸……亦雨自北……大攸，昃□，着日……

(二)雨……夕既

著　錄	編號／【綴合】／(重見)	備　註	卜　辭
合集	20964+21310(《合補》6862)+21025+20986【《甲拼》21、《綴彙》165】		(1)癸卯卜，貞：旬。四月乙巳〔中〕𣋡雨。 (3)癸丑卜，貞：旬。五月庚申寐，允雨自西。夕既。 (4)辛亥□雨自東，小……
合集	20966		(1)癸酉卜，王〔貞〕：旬。四日丙子雨自北。丁雨，二日陰，庚辰……一月。 (2)癸巳卜，王，旬。四日丙申昃雨自東，小采既，丁酉少，至東雨，允。二月。 (3)癸丑卜，王，貞：旬。八〔日〕庚申寎人雨自西小，夕既，五月。 (7)□□〔卜〕，王……告……比……〔雨〕……小。

拾、一日以上的雨

一、今——雨

（一）今日・雨

著　錄	編號／【綴合】／（重見）	備　註	卜　辭
合集	6		（34）庚寅卜，貞：翌辛卯王龠交，不雨。八月。 （35）辛卯卜，貞：今日其雨。八月。
合集	140 反		（3）貞：今日雨。 （4）貞：今日不其雨。
合集	511		（2）辛丑卜，亘，貞：今日其雨。
合集	778 正（《合補》3524 正）+774+乙補 2213【《醉》54】		（1）今日其雨。
合集	900 反		（1）今日不其雨。
合集	973 正+《乙》6680+《乙補》6124+《乙補》6125 倒+《乙補》1723【《醉》309】		（1）貞：今日雨。 （2）貞今日不其雨。
合集	1106 正		（2）自今旬雨。 （3）今日不〔雨〕。 （4）貞：今乙卯不其〔雨〕。 （5）貞：今乙卯不其〔雨〕。 （6）貞：今乙卯允其雨。

合集	1106 正（《乙》6479 綴合位置錯誤）+12063 正+《乙補》5337+《乙補》5719【《醉》198】		（2）貞：今乙卯不其雨。 （3）貞：今乙卯允其雨。 （4）貞：今乙卯不其雨。 （5）貞：自今旬雨。 （6）貞：今日其雨。 （7）今日不〔雨〕。
合集	1638		（3）今日其雨。 （4）今日其雨。
合集	1764		（2）……〔今〕日雨。
合集	2798 正		（1）今日不雨。
合集	6828 正		（1）貞：今日其雨。 （2）貞：今日不其雨。
合集	7768		（5）癸巳卜，㱿，貞：今日其雨。 （6）癸巳卜，㱿，貞：今日不雨。允不雨。
合集	7772 反+《乙補》2614【《醉》38】		（15）貞：今日其雨。 （16）不其雨。
合集	7897+14591【《契》195】		（1）癸亥卜，爭，貞：翌辛未王其酒河，不雨。 （3）乙亥〔卜，爭〕，貞：其〔奏〕畐，衣，〔至〕于亘，不冓雨。十一月。才甫魚。 （4）貞：今日其雨。十一月。才甫魚。
合集	8001 正		（3）貞：今日不其征雨。 （4）〔貞〕：今日□雨。
合集	8521+《合補》3925 正（《東大》351 正）【《契》221】		（6）庚辰卜，㫚，貞：今日其雨。 （7）今日不雨。

合集	8648 正（《合補》01396 正）		（1）貞：雨。 （2）不其雨。 （3）貞：今日其雨。 （4）今日不其雨。 （5）癸酉卜，亘，貞：生月多雨。
合集	8925 反		今日雨。
合集	8957		（2）〔貞〕：今日其雨。
合集	9047		（2）貞：今日其雨。
合集	9741 反		（7）今日雨。
合集	9757		（1）貞：〔今〕日〔不其雨〕。 （2）貞：今日雨。 （3）貞：雨。
合集	9958		（2）貞：今日不其雨。 （3）貞：今日其雨。
合集	10344 反		（5）今日〔不雨〕。 （6）今日其雨。
合集	10389		（4）貞：其雨。 （5）丙子卜，貞：今日不雨。 （6）貞：其雨。十二月。 （8）貞：今夕不雨。 （9）貞：其雨。 （11）……雨。 （12）乙未卜，貞：今夕不雨。 （13）貞：□雨。

合集	11776（《合集》12041）		（1）今日不雨。
合集	11983 正（《中科院》1154 正）		甲寅〔卜〕，……㱿，貞：今日雨。
合集	11984		甲辰卜，㱿，貞：今日雨。
合集	11985		丁丑卜，㱿，貞：今日雨。
合集	11986		壬戌卜，史，貞：今日雨。
合集	11987 正		甲午卜，㱿，貞：今日雨……〔于〕祖辛。
合集	11988 正		□□〔卜〕，亘，貞：今日雨。
合集	11989		□□卜，㕣，〔貞〕：今日雨。
合集	11990		丁□〔卜〕，㱿，貞：〔今〕日雨。
合集	11991		戊寅〔卜〕，爭，〔貞〕：今日雨。
合集	11992		（1）甲申卜，□，貞：今日雨。
合集	11993		（1）甲□〔卜〕，卯，〔貞〕：今〔日〕雨。 （2）□寅卜，卯，〔貞〕：今日雨。之……
合集	11994		（2）貞：今夕雨。 （3）癸卯卜，貞：今日雨。
合集	11995		己丑卜，貞：今日雨。
合集	11996		己巳卜貞：今日雨。
合集	11997		（1）甲辰卜，貞：今日雨。
合集	11998		（1）□午卜，貞：今日雨。 （2）貞：不其雨。
合集	11999		□寅卜，〔貞〕：今日雨。

合集	12000《旅順》639		丁巳卜，□貞：今日雨。
合集	12001 正（《中科院》1153 正）		（1）甲午卜，貞：今日雨。 （2）□午卜，貞：〔不〕其雨。一月。〔註 1〕
合集	12002		〔壬〕午卜，□，貞：今〔日〕雨。
合集	12003		貞：今日雨。
合集	12004（《合補》03530）		（1）□□〔卜〕，□，貞：今日雨。 （2）貞：不其雨。
合集	12005		□巳卜，□，貞：今〔日〕雨。
合集	12008		壬辰卜，今日雨。
合集	12009		乙酉卜，今日雨。
合集	12010		庚□卜，今日雨。
合集	12011		（1）丙〔申卜〕，今日雨。 （2）丁酉雨。
合集	12012		（1）□午卜，今日雨。 （2）甲寅〔卜〕，貞：□□不〔雨〕。
合集	12013		（1）□亥卜，〔貞〕：今日雨。
合集	12014		辛亥〔卜〕，今日雨。
合集	12015		（1）……今日雨。
合集	12016		今日雨。
合集	12017		（1）□〔寅〕卜，今日雨。

〔註 1〕月份為「一月」，拓本不清，參《中科院》照片補。

合集	12018		（1）……今日雨。
合集	12023		（2）癸酉雨。 （3）今日雨。
合集	12025		癸酉卜，貞：今日不雨。
合集	12026（《合補》03725）		□卯卜，〔穷〕，〔貞〕：今日不雨。
合集	12027		戊寅〔卜〕，𡆥，貞：今日不雨。
合集	12028		（1）乙未卜，爭，貞：今日不〔雨〕。
合集	12029		丁巳卜，貞：今日不〔雨〕。
合集	12030 正		（1）貞：今日不雨。
合集	12031		貞：今日不雨。
合集	12032		貞：今日不雨。
合集	12033		貞：今日不雨。
合集	12034		貞：今日不雨。
合集	12035		貞：今日不雨。
合集	12036		（1）貞：其雨。 （2）貞：今日不雨。 （3）貞：其〔雨〕。七月。
合集	12037（《合補》03529）		（1）貞：今日雨不。
合集	12038		貞：今〔日〕不雨。
合集	12039		貞：今〔日〕不雨。
合集	12040		貞：今〔日〕不雨。
合集	12041（《合集》11776）		貞：〔今〕日不雨。

合集	12045 反		今日不雨。
合集	12046		（1）今日不雨。
合集	12047（《旅順》640）		（2）丁亥卜，卯，貞：今日其雨。之日允雨。三〔月〕。
合集	12048		（1）□戌卜，□，貞：今日其雨。 （2）丙辰卜，卯，貞：今日〔其〕雨。
合集	12049		庚午〔卜〕，卯，貞：今〔日〕其雨。
合集	12050		（2）戊辰卜，卯，貞：今〔日〕其雨。
合集	12051 正		（3）甲辰卜，佣，貞：今日其雨。 （4）甲辰卜，佣，貞：今日不其雨。 （5）甲辰卜，佣，貞：翌乙巳其雨。 （6）貞：翌乙巳不其雨。 （10）貞：翌丁未其雨。 （11）貞：翌丁未不其雨。
合集	12052 正+17412 正【《甲拼續》578】		（1）戊申卜，曑，貞：今日其雨。
合集	12053		（1）己丑卜，韋，貞：今日其雨。 （2）貞：今日不雨。
合集	12054（《合補》3531）		（1）〔戊〕戌卜，穷，貞：今日其雨。 （2）貞：今日不雨。 （3）戊戌不雨。
合集	12055		甲寅卜，穷，貞：今日其雨。
合集	12056		□□〔卜〕，永，貞：今日其雨。
合集	12058		（1）□□卜，亘，貞：今日其雨。 （2）……雨，其隹……

合集	12059		乙丑卜，亘，貞：今日其雨。
合集	12060 正		貞：今日其雨。
合集	12061		辛未卜，貞：今日其雨。
合集	12062		（1）貞：今日其雨。
合集	12064		貞：今日其雨。
合集	12065		貞：今日其雨。
合集	12066		貞：今日其雨。
合集	12066 正+《合補》1074【《甲拼》302】		癸酉〔卜〕，𡆥，貞：今日其雨。
合集	12067 反		（1）貞：今日其雨。
合集	12068		（1）貞：今日其雨。 （2）貞：今日不雨。
合集	12069		貞：今日其雨。
合集	12070		（1）壬寅〔卜〕，□，貞：今……雨。 （2）貞：今日□雨。
合集	12071		貞：今〔日〕其雨。
合集	12072（《合集》41102）		貞：今〔日〕其雨。
合集	12073（《中科院》492）		貞：今〔日〕其雨。
合集	12074		貞：今〔日〕其雨。
合集	12077		（1）甲寅其雨。 （2）甲寅不雨。 （3）貞：今日不雨。 （4）貞：今辛丑其雨。

合集	12084		今日其雨。
合集	12085 正		（1）今日其雨。
合集	12086		今日其雨。
合集	12087+《乙》7754【《醉》103】		（1）……今日其雨。 （2）……雨。
合集	12088（《中科院》1157）		（1）……不雨。 （2）今日其〔雨〕。〔註 2〕
合集	12093		（1）貞：其雨。 （2）貞：今日不其〔雨〕。
合集	12094		（1）貞：今日不其雨。
合集	12095 正		貞：今日不其雨。
合集	12096		貞：今日不其雨。
合集	12097		貞：今日不其雨。
合集	12098		貞：今〔日〕不其雨。
合集	12099		貞：今日不其雨。
合集	12103		（1）壬申卜，今日不其雨。 （2）其雨。
合集	12104		（1）今日不其雨。 （2）□丑卜，〔貞〕……雨。
合集	12156（《合集》41600）		（1）不雨。 （6）戊辰卜，及今夕雨。

〔註 2〕（2）辭「雨」拓本未見，據《中科院》照片補。

			（7）弗及今夕雨。 （15）庚午，燎于岳又从才雨。 （11）燎于岳亡从才雨。 （20）隹其雨。 （21）今日雨。
合集	12490		（1）乙酉卜，〔爭〕，貞：今日其雨。一月。
合集	12512		今日其雨。
合集	12552		（3）……今日雨。四月。
合集	12553		今日其雨。四月。
合集	12582		（1）乙未卜，㠯，貞：今日雨。 （2）貞：今日不其雨。五〔月〕。
合集	12598		（1）貞：今日其大雨。七月。 （2）不冓〔雨〕。
合集	12661		（1）貞：今乙丑亦盧〔雨〕。 （2）貞：今日不其亦盧〔雨〕。
合集	12769		甲戌卜，𠭆，〔貞：今〕日征雨。
合集	12770		癸酉卜，貞：今日征〔雨〕。
合集	12771		丁巳卜，𠭆，貞：今日征雨。
合集	12772		今日征雨。
合集	12773		□亥卜，□，貞：今〔日〕征雨。
合集	12774		貞：今〔日〕征雨。
合集	12870 甲		（1）癸卯卜，今日雨。 （2）其自東來雨。 （3）其自西來雨。 （4）其自北來雨。

合集	12922		辛亥卜，今日雨。允雨。
合集	12923		壬子卜，□，貞：今日雨。□日允〔雨〕，至于□雨。
合集	12951		……今日不雨，于丁。之夕允〔雨〕。
合集	13112（《合補》1812 正）		（3）今日不其雨。 （4）癸丑卜，爭，貞：今日其雨。
合集	13868+《合補》5006【《甲拼》254】		（2）己酉卜，貞：翌辛亥其雨。 （5）己酉卜，貞：今日征雨。
合集	14155		癸丑卜，𡆥，貞：今日帝不其〔令雨〕。
合集	14454		（3）貞：今日雨。
合集	14553		（1）乙未卜，穷，貞：今日其征雨。
合集	14591		（1）癸亥卜，爭，貞：翌辛未王其酌河，不雨。 （3）貞：今日其雨。十月。才甫魚。
合集	14684		（1）□申卜，亘，〔貞〕：今日不其雨。
合集	18801+24739【《契》366】		（2）己巳卜，貞：今日血𠦪，不雨。 （4）壬申卜，出，貞：今日不雨。
合集	20612		（1）今日其雨。
合集	20901+20953+20960 部份【《綴續》499】		（2）……北雨，允雨。 （3）……雨……吼，夕雨。壬允雨。 （4）丙午卜，今日其雨，大采雨自北，征𢦏，少雨。
合集	20903		（1）乙亥卜，今日雨不，三月。 （2）己亥〔卜〕，翌日丙雨。 （3）□卯卜……雨。 （4）……翌日允雨不。

合集	20905		〔貞〕：今日不其雨，允不。
合集	20907		己未卜，今日不雨，才來。
合集	20909+20823+00378（《合編》6685）		丙子卜，今日雨不。十二月。
合集	20944+20985（《合補》6810）		（1）……今日雨。九月。 （5）……旬……各云自東……〔雨〕，暈。
合集	20950		（2）司癸卯羊，〔其〕……今日雨，至……不雨。
合集	20972		〔弜〕舞，今日不其雨，允不。
合集	20973+20460【《甲拼續》337】		（1）丙子卜，今日雨舞。
合集	24146		（1）丙戌卜，貞：今日不雨。
合集	24170		（2）庚寅卜，冎，貞：今日不雨。
合集	24174		（1）癸卯卜，冎，貞：今日不雨。
合集	24225		（3）癸亥卜，出，貞：今日祉雨。
合集	24670反（《中科院》1342反）		（1）□戌卜，行，〔貞〕：今日不雨。 （2）壬申〔卜，行〕，貞：今□不〔雨〕。
合集	24713（《合集》24737）		（1）貞：今日雨。 （2）貞：不其雨。才五月。
合集	24714		（1）戊午卜，尹，貞：今日雨。 （2）貞：不其雨。才五月。
合集	24730		己亥卜，[illegible]，貞：今日雨。
合集	24731		癸卯卜，貞：今日雨。
合集	24732		（1）乙巳卜，出，貞：今日雨。二月。 （2）庚□卜，□，貞……雨。

合集	24733		辛亥卜，大，貞：今日雨。
合集	24734		（1）辛亥卜，貞：今日不雨。□衣。
合集	24735		己丑卜，出，貞：今日雨。之日允雨。
合集	24736		壬戌卜，尹，貞：今日雨。
合集	24737（《合集》24713）		（1）貞：今日雨。 （2）貞：不其雨。才五月。
合集	24738（《合補》7378）		□□卜，旅，〔貞〕：今日□雨。
合集	24739		（1）壬□〔卜〕，出，〔貞〕：今日雨。
合集	24740	「日」字有缺刻	（2）□□卜，大，〔貞〕：今日雨。
合集	24741		甲戌卜，大，貞：今日不雨。
合集	24742		壬戌卜，祝，貞：今不雨。
合集	24743	「日」字有缺刻	乙亥卜，出，貞：今日不雨。
合集	24744		（1）……今日雨。
合集	24745		庚寅卜，旅，貞：今日不雨。
合集	24746		（1）戊戌卜，□，貞：今日不雨。 （2）……雨。
合集	24747		（1）甲寅卜，旅，貞：今日不雨。 （2）貞……雨。
合集	24748		（1）甲寅卜，即，貞：今日不雨。三〔月〕。
合集	24749		己酉卜，出，貞：今日不雨，之〔日允〕不〔雨〕。
合集	24750		（2）貞：今日不雨。 （3）貞：其雨。

合集	24751		（1）貞：今日不雨。
合集	24752		（1）貞：其雨……月。 （2）今日不雨。
合集	24753		（2）貞：其〔雨〕。 （3）貞：今日不雨。
合集	24754		（1）貞：今日不雨。 （2）貞：其雨。
合集	24755		□卯，出，貞：今日不雨。
合集	24756		辛巳〔卜〕，即，貞：今日又𡧊雨。
合集	24757		癸酉卜，□，貞：王[illegible]，亡𡧊雨。
合集	24758		（1）己亥卜，貞：今日其雨。 （2）貞：不其雨。
合集	24759		丙辰卜，尹，貞：今日至于翌丁巳雨。
合集	24760		（1）貞：今日不雨。 （2）貞：今日其雨。才六月。
合集	24761		貞：今日不其雨。
合集	25936		（2）甲辰〔卜〕，□，貞：今日不雨。
合集	27019		（3）己未卜，貞：今日雨。 （4）庚申卜，貞：祉雨。
合集	27515		（5）壬戌卜，狄，貞：今日不雨。 （6）□□卜，□，〔貞：今〕日不〔雨〕。
合集	28611（《中科院》1614）		（2）今日祉雨。 （3）不祉雨。

合集	28625+29907+30137【《甲拼》172】、【《綴彙》33】	(1)「田」字缺刻橫劃。	(1)王其省田，不冓大雨。 (2)不冓小雨。 (3)其冓大雨。 (4)其冓小雨。 (5)今日庚湄日至昏不雨。 (6)今日其雨。
合集	28767		(3)癸卯卜，今日不雨。 (4)其雨。
合集	29904		(1)貞：今日雨。 (2)……雨。
合集	29905		(1)〔貞〕：今日雨。 (2)貞：□□不〔雨〕。
合集	29906		(2)貞：今日其雨。
合集	29918		乙未，貞：今日雨。
合集	29919		丙辰卜，狄，貞：今日雨。
合集	29920		乙巳卜，今日雨。
合集	29921		□子卜，今日雨。
合集	29923		癸亥卜，今日不雨。
合集	29925		(1)辛酉卜，今日〔不雨〕。 (2)……〔不〕雨。
合集	29991		(1)……叀今日又雨。
合集	30004		(1)〔今〕日至翌日亡雨。
合集	30056		(1)壬申卜，今日不大雨。

合集	30896		（3）今日不祉雨。
合集	32260		（1）庚辰卜，辛巳雨。 （2）庚辰卜，今日雨。允雨。
合集	32301		（3）己丑卜，今日雨。 （12）王桒雨于土。 （13）己雨。
合集	32409		（3）□□卜，今日雨。
合集	32461 正	此片應為反	（1）戊申卜，今日雨。 （2）不雨。 （3）丁雨。 （4）戊雨。 （5）己雨。 （6）庚雨。
合集	33273+41660（《合補》10639）【《綴彙》4】	（7）其中一「于」字為衍文。	（5）戊辰卜，及今夕雨。 （6）弗及今夕雨。 （7）癸酉卜，又尞于于六云，五豕卯五羊。 （9）尞于岳，亡从才雨。 （11）癸酉卜，又尞于六云，六豕卯六羊。 （15）隹其雨。 （18）庚午，尞于岳，又从才雨。 （20）今日雨。
合集	33410		（1）乙巳卜，〔叀〕今日不雨。 （3）茲雨。 （4）不雨。 （5）茲雨。 （6）不雨。

合集	33828+33829（《合補》10603）		（1）癸酉卜，其雨乙亥。 （2）癸酉卜，不雨乙亥。允雨。 （3）丁丑卜，今日雨。允雨。 （4）庚辰卜，辛巳雨不。 （5）庚辰卜，辛巳雨不。
合集	33844+33954【《甲拼》196】		（1）甲子卜，乙丑雨。 （2）壬戌卜，癸亥奏舞雨。 （3）壬申卜，癸酉雨。茲用。 （4）庚申雨。 （5）不雨。 （6）癸未卜，今日雨至□。 （7）丙戌卜，丁雨。
合集	33868		（1）今日雨。 （2）甲子卜，今日至戊辰雨。 （3）癸酉雨。 （4）癸酉卜，乙亥雨。
合集	33871		（1）丁雨。 （2）丙寅卜，丁卯其至京雨。 （3）丁卯卜，今日雨。夕雨。 （7）庚午卜，雨。 （8）乙亥卜，今日其至不京雨。 （9）乙其雨。 （10）乙其雨。

合集	33872		（1）乙亥〔卜〕，今日雨。 （2）不雨。
合集	33873		（1）乙亥〔卜〕，今日雨。 （2）其雨。
合集	33874		（1）甲□〔卜〕，丙□不〔雨〕。 （2）甲戌卜，丁丑雨。允雨。 （3）己卯卜，庚辰雨。允雨。 （4）庚辰卜，今日雨。允雨。 （5）□辰卜，□巳〔雨〕。不〔雨〕。
合集	33875		乙酉卜，今日雨。不雨。
合集	33878		辛卯，貞：今日不〔雨〕。
合集	33880		（2）癸巳卜，今日雨。允〔雨〕。 （3）癸巳卜，甲午雨。 （4）甲午卜，弜舞，雨。
合集	33881		（1）甲午卜，今日雨。 （4）雨。
合集	33883		（2）戊戌卜，己亥雨。 （3）戊戌卜，今日雨。
合集	33885		（2）庚子，今日雨。
合集	33886		（1）庚子卜，今日雨。 （2）庚子卜，今日雨。
合集	33887		（4）庚戌卜，今日雨。
合集	33888		（2）癸丑，今日雨。允。

合集	33889		（1）不雨。 （2）其雨。 （3）壬子卜，今日雨。不雨。
合集	33890（《中科院》1549）		（1）□□，貞：不其〔雨〕。 （2）乙卯〔卜〕，貞：今日雨。二月。 （3）……〔不〕雨。〔註3〕
合集	33891		（2）乙卯卜，今日雨。
合集	33892		（1）不雨。 （2）丙辰卜，今日雨。 （3）戊午卜，征雨。
合集	33893		壬子卜，今日不雨。
合集	33894		（1）丁巳卜，今日雨。
合集	33895		己未卜，今日雨。丁未雨。
合集	33896		（1）癸亥卜，今日雨。 （2）癸亥卜，甲雨。 （3）〔癸〕亥卜，乙雨。 （4）癸亥卜，丁雨。 （5）戊辰卜，庚雨。 （6）戊辰卜，辛〔雨〕。
合集	33897		（1）戊申〔卜〕……弜雨。 （2）庚申卜，今日雨。

〔註3〕（3）辭「雨」左側，舊識為「未」，據《中科院》照片，應為「不」之殘筆，今正。

合集	33901		（1）辛□〔卜〕，□□□雨。 （2）其雨。 （3）不雨。 （4）〔辛〕卯卜，今日雨。
合集	33902		（2）□巳卜，〔今〕日雨。
合集	33903+《合補》10620【《醉》294】		（2）辛未卜，今日祉雨。 （3）不祉雨。
合集	33904		□酉卜，今日雨。
合集	33905		（1）……今日雨。 （2）……雨。
合集	33907		（1）甲……今日雨。 （2）不雨。
合集	33908		……今日雨。
合集	33909		（1）……今日不雨。 （2）今日不雨。 （3）其雨。茲不雨。 （4）……〔不雨〕。
合集	33919		（1）甲□〔卜〕，今日〔雨〕小，不□。 （2）其雨。
合集	33958		丁丑卜，才菉，今日雨。允雨。
合集	34660+34665（《合補》10299）【《綴續》424】		（4）戊申卜，今日雨。
合集	36618		戊辰卜，才𠾰，今日不雨。

合集	37536		（1）戊戌卜，才潢，今日不征雨。
合集	37647		（1）乙丑〔卜〕，貞：今〔日王田〕□，不雨。〔茲〕卬。 （2）其雨。 （3）戊辰卜，貞：今日王田𦎫，不遘雨。 （4）其遘雨。 （5）壬申卜，貞：今日不雨。
合集	37669+38156【《綴續》431】		（1）戊戌〔卜〕，〔貞〕：不遘〔雨〕。 （2）其遘雨。 （3）壬午卜，貞：今日王田書，湄日不遘〔雨〕。 （4）其遘雨。 （5）乙巳卜，貞：今日不雨。
合集	37786		（1）乙未卜，貞：今日不雨。茲卬。 （2）其雨。 （3）□戌卜，貞：今日〔王〕其田潢，不遘雨。
合集	38116+38147【《綴續》432】		（1）其雨。茲卬。 （2）翌日戊不雨。茲卬。 （3）其雨。 （4）乙卯卜，貞：今日不雨。 （5）其雨。 （6）今日不雨。 （7）其雨。
合集	38117+38124+38192（《合補》11643）		（2）戊辰卜，貞：今日不雨，妹霎。 （3）其雨。

			（4）辛未卜，貞：今日不雨。妹霋。 （5）其雨。 （6）壬午卜，貞：今日不雨。茲祉。 （7）其雨。
合集	38118		（1）其雨。 （2）丁卯卜，貞：今日不雨。 （3）……雨。
合集	38119		（1）戊辰卜，〔貞〕：今日不〔雨〕。 （2）其雨。茲卬。 （3）□□卜，貞：〔今日〕不雨。
合集	38120		（1）戊辰卜，〔貞〕：今日不〔雨〕。 （2）其遘雨。 （3）壬申卜，貞：今日不雨。 （4）……雨。
合集	38121（《中科院》1795）		（1）戊辰卜，〔貞〕：今日不雨。 （2）其雨。
合集	38122		（1）乙亥卜，貞：今日不雨。 （2）其雨。
合集	38125		壬午卜，貞：今日不雨。
合集	38126		（1）乙酉卜，貞：今日不雨。 （2）其雨。 （3）乙未卜，貞：今日不雨。 （4）其雨。

合集	38127+《京》04989【《綴續》503】		(1) 乙酉……今日〔不雨〕。 (2) 其雨。 (3) 丁亥卜，貞：今日不雨。 (4) 其雨。 (5) ……卜，貞：□日不雨。
合集	38128		(1) 乙酉〔卜〕，〔貞〕：今□〔不雨〕。 (2) 不雨。 (3) □亥卜，貞：〔今〕日雨。
合集	38129		(1) 庚寅卜，貞：今日不雨。 (2) 其雨。
合集	38130		(1) 戌子卜，〔貞〕：今日不雨。茲卯。 (2) 其雨。
合集	38131		壬辰卜，貞：今日不〔雨〕。
合集	38132		(1) 丁酉〔卜〕，〔貞〕：今日不〔雨〕。茲卯。 (2) 其雨。
合集	38133		(1) 乙卯卜，貞：今日不雨。 (2) 其雨。 (3) 戊午卜，貞：今日不雨。茲卯。 (4) 其雨。
合集	38134		(1) 其雨。 (2) 今日不雨。 (3) 其雨。 (4) 戊戌卜，貞：今日不雨。 (5) 其雨。

合集	38136		(1) 戊午卜，〔貞：今日〕不雨。茲〔卬〕。 (2) 其雨。 (3) □□〔卜〕，貞……雨。
合集	38137		(1) 妹雨。 (2) 辛酉卜，貞：今日不雨。 (3) 其雨。
合集	38140		(1) 戊戌〔卜〕，貞：今〔日不雨〕。 (2) 其雨。 (3) □□〔卜〕，才□，〔貞：今〕日不〔雨〕。〔茲〕卬。
合集	38141（《合補》11653）		(1) 戊戌卜，貞：今日不〔雨〕。 (2) ……雨。茲〔卬〕。
合集	38143		(1) 辛卯〔卜〕，〔貞〕：今日〔不雨〕。 (2) 其雨。
合集	38144	「戌」誤為「戊」。	戊戌，今日不雨。
合集	38146		(1) 壬戌卜，〔貞〕：今日不〔雨〕。 (2) 其雨。
合集	38147+38116【《綴續》432】		(1) 今日不〔雨〕。 (2) 其雨。
合集	38148+《合補》11651【《綴續》519】		(1) 不雨。茲卬。 (2) 壬午卜，貞：今日雨。 (3) □雨。茲卬。
合集	38178		(1) 甲辰卜，貞：翌日乙王其宜，宜于辜，衣，不遘雨。 (2) 其遘雨。 (3) 辛巳卜，貞：今日不雨。

合集	38180（《合集》41863）		壬子卜，貞：今日祉雨。
合集	38191		（5）壬辰卜，貞：今日不雨。
合集	38197		（3）戊□卜，貞：今日不雨。 （4）其雨。 （5）□未卜，貞：〔今日〕不雨。
合集	39503（《英藏》01170 正）		（1）今日不雨。
合集	39526 反（《英藏》00392 反）		……今日雨……
合集	40265		（1）貞：今日其雨。 （2）貞：今日不其雨。
合集	40272		（1）□午卜，貞：今日雨。 （2）貞：不其雨。
合集	40277（《英藏》01023）		（1）辛卯〔卜〕，今日〔雨〕。 （2）壬辰卜，今日雨。
合集	40278		□午卜，□，貞：今〔日〕雨。
合集	40279（《英藏》02073）		丁亥卜，貞：今日不雨。
合集	40280		貞：今日不雨。
合集	40297（《英藏》00997）		（1）丁未卜，穷，貞：生十二月雨。 （2）今日雨。
合集	40314		（1）今日雨……日允雨。
合集	41095（《英藏》02071）		（1）乙亥卜，出，貞：今日不雨。 （2）……雨。
合集	41170（《愛米塔什》118）		（3）貞：其雨。 （4）丁亥卜，行，貞：今日不雨。 （5）貞：其雨。

合集	41461（《英藏》02411）		（1）〔己〕未，今日雨。 （2）不雨。
合集	41597		（1）丙戌卜，今日雨。 （2）丙戌卜，丁雨。
合集	41598（《英藏》02437）		（2）丙午卜，今日雨。 （3）不雨。
合集	41862		（1）……才……雨。 （2）□□卜，才……今日雨。
合集	41866（《英藏》02567）		（2）壬申卜，才盉，今日不雨。 （3）其雨。兹卬。 （4）□寅卜，貞：〔今〕日戍王〔田〕燓，不遘大雨。
合集	41870（《英藏》02589）		（1）辛酉卜，貞：其雨。今日不雨。兹卬。 （2）其雨。
合集	41871（《英藏》02588）		（1）于□又雨。 （2）己卯卜，貞：今日多雨。
合補	1812 正（《天理》111 正）		（3）癸丑卜，爭，貞：今日其雨。 （4）今日不其雨。
合補	3053		丁酉卜，免，貞：今日既雨。
合補	3054		貞：今日其雨。
合補	3507		己亥卜，貞：今日不雨。
合補	3508		今日雨。
合補	3511（《天理》112）		貞：今日其雨。之日允雨。
合補	3512		今日雨。

合補	3513		□□卜，史，今日雨。
合補	3515		□□卜，今日雨。
合補	3516		□丑卜，今日雨。
合補	3517		（1）丙申〔卜〕，今日雨。
合補	3518 反		今日其雨。
合補	3519		今日其雨。
合補	3520		□巳卜，今日雨。
合補	3522		丙午……〔今〕日雨。
合補	3523（《懷特》216）		□戌卜……今日雨。
合補	3525		□□卜，冎，今日雨。
合補	3526 正		今日其雨。
合補	3527		丙申〔卜〕，今日雨。
合補	3529（《東大》60）		（2）貞：今日雨不。
合補	3530 正（《東大》313 正）		（1）丁亥卜，吕，貞：今日雨。 （2）……貞：不其雨。
合補	3532（《懷特》191）		貞：今日其雨。
合補	3533		（1）貞：不其〔雨〕。 （2）乙卯卜，貞：今日雨。二月。 （3）不雨。
合補	3547（《東大》62+162）		辛未卜，史，貞：今日不雨。
合集	合補 3547+合補 6516 正（《東大》62+162）【《綴彙》318】		辛未卜，史，貞：今日不雨。

合補	3567		……今日其雨。
合補	3694		（1）壬申卜，卯，貞：今日其雨。之日允雨。三月。 （2）甲戌卜，卯，貞：今日其雨。三月。
合補	3725（《東大》65）		□卯卜，穷……今日不雨。
合補	7375		……今日雨。
合補	7377		□丑〔卜〕……今日雨。
合補	7379（《天理》343）		（3）……出，〔貞〕……今日雨。
合補	9307		乙未〔卜〕，貞：今日雨……
合補	9453（《懷特》1095）		（2）丁未卜，貞：今日雨。
合補	9457		叀今日雨。
合補	9459		壬戌卜，貞：今日雨。
合補	9460		今日雨。
合補	9461		□〔午〕卜，〔貞〕今日雨。
合補	9462		今日雨。
合補	9464		貞：今日不雨。
合補	9466（《懷特》1320）		（2）□申卜……今日不雨。
合補	9467		戊寅卜，貞：今日雨。
合補	9476		貞：今日雨。
合補	10601 反		（1）□酉〔卜〕，今日雨。 （2）□□卜，丁不〔雨〕。
合補	13083		辛丑卜，貞：今日不雨。
合補	13225		（2）今日雨。

天理	13		（2）貞：今日雨。
天理	546		（1）辛，今日征〔雨〕。 （2）癸亥卜，今日不其征雨。
屯南	0006+0012+H1.18【《醉》74】		（1）戊午卜，今日戊王其田，不雨。吉 （2）其雨。吉 （3）〔今〕日戊，不征雨。吉
屯南	0087		（1）甲戌卜，烄雨。 （2）甲戌卜，今日雨。不雨。 （3）甲戌□，今日〔雨〕。
屯南	0100		（1）辛巳卜，今日雨。 （2）壬午卜，今日雨。允雨。 （3）不雨。 （4）癸未卜，今日雨。 （5）不雨。 （10）不雨。
屯南	0154		（1）丁酉卜，戌雨。 （2）□丑卜，今日雨，至壬雨。
屯南	0328		（1）丙戌卜，今日雨。 （2）不雨。
屯南	0449		今日雨。允雨。
屯南	0630		（1）甲戌卜，今日雨。
屯南	2282		（1）丁卯卜，今日雨。 （2）丁卯卜，取岳，雨。

			（6）己卯卜，于[illegible]立岳，雨。 （8）己卯卜，桒雨于□亥。 （9）己卯卜，桒雨于□。不 （10）己卯卜，桒雨于上甲。不 （11）庚辰卜……岳，雨。 （12）〔辛〕巳〔卜〕，尞，不雨。 （13）丁亥卜，戊子雨。〔允〕雨。 （14）丁亥卜，庚雨。 （15）□□卜……雨。 （16）癸丑卜，桒雨于□。 （18）□□卜，□雨。
屯南	2288		（1）戊戌卜，今日雨。允。 （2）癸卯卜，雨，不雨。
屯南	2297		（1）……今日雨。 （2）庚雨。
屯南	2365		（1）辛卯卜，今日□雨。茲允。 （2）不雨。 （3）壬寅卜，今日〔雨〕，𢀛。 （4）不雨。
屯南	2399		（1）甲申卜，不雨。 （2）甲申卜，不雨。 （3）甲申卜，今日雨。 （4）甲申卜，乙雨。

屯南	2525（《歷博》97）		（1）辛〔巳卜〕，今日雨。 （2）辛巳卜，壬雨。 （3）辛巳卜，癸雨。 （4）丁亥卜，雨戌。
屯南	2604		（1）不雨。 （2）甲子卜，今日雨。 （3）不雨。 （4）今日雨。 （5）丙寅〔卜〕，丁雨。 （6）不雨。 （7）丁卯卜，雨。 （8）不雨。 （9）不〔雨〕。
屯南	2723		（1）……遘大雨。 （2）□卯卜，今日不大雨。引吉
屯南	4150		戊申〔卜〕，今日雨。
屯南	4400		（2）癸丑卜，甲寅又宅土，𡆥牢，雨。 （4）〔乙〕卯卜，其歸……又雨。 （5）乙卯其𢦏目，雨。 （6）己未卜，今日雨，至于夕雨。
史語所	13		己未卜，今日雨，己不雨。
史語所	185		辛未卜，事，貞：今日不雨。
東大	890		（1）其雨。 （2）壬午卜，貞：今日不雨。茲卬。 （3）……其雨。

東大	1152		乙……勇，貞……今日其雨。
英藏	01021		貞：今日其雨。
英藏	01022		（2）壬辰卜，內，貞：今日其雨。 （3）今日不其雨。
英藏	01025		（1）丙辰〔卜〕，㐱，貞：〔今〕日不雨。
英藏	01026		（1）〔戊辰〕卜，〔貞〕：今日〔其〕雨。 （2）己巳〔卜〕，貞：〔今〕日不〔雨〕。
英藏	01027		……疾……今日雨。
英藏	Y 補 54		（1）丁酉卜，今日雨。 （2）不雨。
旅順	601	填墨	（1）辛亥〔卜〕，貞：今日祉〔雨〕。
旅順	642		（2）貞：今日〔不〕雨。
旅順	1778		□未卜，〔貞〕：今日〔其〕雨。
歷博	247		（1）戊子卜……今日不雨……茲卬。 （2）其雨。
懷特	195		貞：〔今〕日不雨。

（二）今日……雨

著　錄	編號／【綴合】／（重見）	備　註	卜　辭
合集	885 反		王固曰：其雨，隹今日……不雨。
合集	11971 反+《乙補》556+《乙補》613 【《醉》338】		（1）王固曰：隹丁……今日……雨。

合集	18801+24739【《契》366】		（2）己巳卜，貞：今日血𣏟，不雨。 （4）壬申卜，出，貞：今日不雨。
合集	12338		壬申卜，今日三……至己□雨。
屯南	2268		（2）乙未卜，今日力，不雨。吉 （3）其雨。

（三）今・雨

著　錄	編號／【綴合】／（重見）	備　註	卜　辭
合集	7896		貞：今其雨。才甫魚。
合集	9619		貞：今其雨，不隹𧶠。
合集	11874		（1）貞：今雨。 （2）貞：其雨。
合集	12024（《中科院》1156）		己酉〔卜〕，今雨。
合集	12100		（1）貞：今不其雨。
合集	12674		今不雨疾。
合集	12747		（1）己卯卜，貞：今叀雨。
合集	12924		壬□〔卜〕，貞：今祉雨。允雨。
合集	12984		□□卜，王，今雨。〔王𡆥〕曰：茲見。丁□〔允〕雨。
合集	14042 反+《合補》1008+《合補》385【《甲拼》323】		……今不其雨……
合集	20416		（1）□申卜，方其征，今允雨。 （3）丁酉〔卜〕，來己日雨。
合集	24777		辛酉卜，貞：今夕今雨。

合集	29810 反		（2）今雨。
合集	29826		……今告凡，不雨。大吉
合集	29926		（2）貞：今不雨。
合集	31528		（2）今雨。
合集	38149		（1）其雨。 （2）□□卜，貞……日，今不雨。 （3）……不雨。
合補	3726		貞：今不雨。
合補	3735		貞：今不雨。
合補	3738		貞：今不雨。
合補	7467		（1）辛丑〔卜〕，□，貞：今不祉〔雨〕。
北大	1457		□月，貞：今雨。
北大	1500		貞：今其雨。
北大	1502		貞：今雨。
北大	1504		貞：今雨。
北大	1533		今雨。
北大	1617		□辛卜，今雨。

（四）今……雨

著　錄	編號／【綴合】／（重見）	備　註	卜　辭
合集	5518		（4）今□雨。
合集	6279+11891 正+11918【《契》251】		（2）丙午卜，□□：自今至于……王固曰：其雨，隹庚，其隹……二日戊申允雨。

合集	9177 正		（1）貞：今丙戌姣姇，㞢从雨。 （2）貞：姇，亡其从雨。
合集	11822		今甲午……丙申雨。
合集	11920（《合補》03689）		□□〔卜〕，宙，貞：今……〔王〕固曰：其雨。隹……
合集	12057+《乙》2784+《乙》2918+《乙補》2574+《乙補》2569【《醉》161】		（1）□午卜，㱿，貞：今□其雨。
合集	12070		（1）壬寅〔卜〕，□，貞：今……雨。 （2）貞：今日□雨。
合集	12310		□□〔卜〕，㱿，貞：自今……〔雨〕。
合集	12326		貞：自今……其雨。
合集	12320		……自今〔辛〕……雨。
合集	12472 正		（2）……今……雨。
合集	12495 正		（1）□□卜，□，貞：今□□雨。 （2）今一月雨。 （3）今一月雨。
合集	12532 正		貞：今……王固曰：徙。茲气雨。之日允雨。三月。
合集	12539		（1）庚□卜，〔貞〕：今□雨。 （2）貞：不□雨。三月。
合集	12662 正		□子卜，□，貞：今□盀〔雨〕。
合集	12686		□□卜，今……从雨。
合集	12668		貞：今……雨疾。
合集	12730		庚辰〔卜〕，貞：今□不其〔亦〕雨。

合集	12790		(1) 貞：今□不祉〔雨〕。
合集	12829		戊申……舞，今□㞢从雨。
合集	12952		貞：今□雨。之□允〔雨〕。
合集	16502		(2) 貞：今……雨。 (3) 貞：雨。
合集	17072		(1) 貞：〔今〕茲〔云〕雨。
合集	23533		(3) ……今……大雨。
合集	24670 反（《中科院》1342 反）		(1) □戌卜，行，〔貞〕：今日不雨。 (2) 壬申〔卜，行〕，貞：今□不〔雨〕。
合集	24698		(1) 貞：其雨。 (2) 貞：今……雨。
合集	24428		(1) 己亥〔卜〕，□，貞：今……其交……雨。之……
合集	30063		甲戌〔卜〕，□，貞：今茲……亡大〔雨〕。
合集	32329 正		(2) 上甲不冓雨，大乙不冓雨，大丁冓雨。茲用 (3) 庚申，貞：今來甲子彡，王大知于大甲，燎六十小宰，卯九牛，不冓雨。
合集	33418		(1) 今□雨。
合集	33960		今……蔑，雨。
合集	34298 反		丁……今……〔雨〕。
合集	34533		(2) 庚申，貞：今來甲子彡，王不冓雨。
合集	38128		(1) 乙酉〔卜〕，〔貞〕：今□〔不雨〕。 (2) 不雨。 (3) □亥卜，貞：〔今〕日雨。

合集	38139（《合集》41872）		（1）辛□〔卜〕，貞：〔今〕□不〔雨〕。 （2）其雨。 （3）□□〔卜〕，貞：〔今〕……雨。
合集	38153		□酉卜，貞：〔今〕□不雨。
合集	41617 反		丁□〔卜〕，〔貞〕：今……雨。
合補	373		（2）……今□雨。
合補	3493		貞：今……雨。
合補	3494		（1）今□不〔雨〕。 （2）……雨。
合補	3495		（1）貞：今□雨。 （2）……雨。
合補	3496		□辰卜，□，貞：今□雨。
合補	3497		貞：今……雨。
合補	3498		貞：今……雨。
合補	3499		癸未卜，貞：今……雨。
合補	3501		□□卜……今……雨。
合補	3502		戊辰……貞：今……雨隹……
合補	3503（《中科院》1159）		貞：今……雨。
合補	3504		（2）今……雨。
合補	3505		（1）貞：今□不雨。
合補	3506		（1）丙□〔卜〕，史……今……雨。
合補	3528		今……雨。十一月。

合補	3535		（1）甲戌……貞今……雨…… （2）……日允〔雨〕。
合補	3665		貞：今……其雨。
合補	3689（《東大》315）		……𡆥，貞：今……王固曰……其雨隹……
合補	3693 正		□□〔卜〕，𡆥，貞：今來……〔王〕固曰：其雨。
合補	3696（《懷特》240）		貞：今……其雨。
合補	3750		（1）癸卯〔卜〕，貞：今□不〔雨〕。 （2）……其雨。
合補	3862		貞：〔今〕……雨。
合補	4686 正（《東大》61 正）		（2）今……雨。
合補	7415		貞：今……不……雨……月。
合補	9185（《天理》565）		（2）今辛弜田，其雨。 （3）……弜田，〔其〕雨。
合補	9468		（2）……今……雨。
合補	9469		貞：今……雨。
合補	9470		（2）……今……雨。
合補	9471		貞：今……雨。
合補	9472		貞：今……雨。
合補	9473		貞：今……其雨。
合補	9474		（1）貞：今□不雨。
中科院	494		……□……今……雨。
中科院	1146		（2）貞：今……雨。

中科院	1158		貞：今□〔雨〕。
中科院	1160		貞：〔今〕……雨。
中科院	1162		……今□不雨。
屯南	1125		（1）乙未卜，今……雨。 （2）不雨。 （5）辛亥卜，今日辛，又雨。 （6）亡雨。
史語所	213		貞：今……雨。
東大	320		貞：今……雨。
東大	1022		乙巳……今……雨五……
英藏	01035		□□卜，今……雨。
旅順	643	填墨	□寅卜，□貞：今□不〔雨〕。
旅順	644		癸□……貞：今……雨。
旅順	645		（1）貞：今□雨。 （2）……雨。
旅順	646 正		……貞：〔今〕……雨。
旅順	647		……今……雨。
旅順	1583	填墨	甲戌卜，貞：今□不〔雨〕。
旅順	1588	填墨	□□卜，王，今□亡其雨。
旅順	1594	填墨。「雨」缺刻下部三點。	貞：今……雨。
旅順	1781		（2）貞：今□不〔雨〕。 （3）……今夕……雨。

旅順	1782		貞：今□不雨。
愛米塔什	121（《劉》081）	填墨	……今……雨。
愛米塔什	122（《劉》080）	填墨	戊戌〔卜〕，□，貞：今□雨。
愛米塔什	127（《劉》087）		……貞：〔今〕□不雨。一〔月〕。
懷特	199		貞……今……雨。
懷特	215		貞：今……雨。

（五）今干支・雨

著　錄	編號／【綴合】／（重見）	備　註	卜　辭
合集	892 正		（19）貞：今癸亥其雨。 （20）貞：今癸亥不其雨。允不雨。
合集	1106 正		（2）自今旬雨。 （3）今日不〔雨〕。 （4）貞：今乙卯不其〔雨〕。 （5）貞：今乙卯不其〔雨〕。 （6）貞：今乙卯允其雨。
合集	1106 正（《乙》6479 綴合位置錯誤）+12063 正+《乙補》5337+《乙補》5719【《醉》198】		（2）貞：今乙卯不其雨。 （3）貞：今乙卯允其雨。 （4）貞：今乙卯不其雨。 （5）貞：自今旬雨。 （6）貞：今日其雨。 （7）今日不〔雨〕。

合集	3521 正		（3）自今至于己酉不雨。 （4）貞：〔今〕癸亥其雨。
合集	4196		（1）貞：今丙辰雨。
合集	4570+3286（《補編》495 正）【《綴彙》9】		（4）今丙午不其征雨。 （6）貞：今丙午征雨。
合集	4820+12080【《契》53】		（2）今丁卯其雨。
合集	12006		貞：今己巳雨。
合集	12007		貞：今甲寅雨。
合集	12022（《蘇德美日》46）		（2）今癸雨。
合集	12042（《蘇德美日》47）		（2）貞：今庚戌不雨。
合集	12043		（1）貞：今壬寅王步，不雨。
合集	12075		貞：今〔辛〕丑其雨。
合集	12076		貞：今壬申其雨。
合集	12077		（1）甲寅其雨。 （2）甲寅不雨。 （3）貞：今日不雨。 （4）貞：今辛丑其雨。
合集	12078		貞：今癸卯其〔令〕雨
合集	12079		（1）貞：今壬申其雨。
合集	12081		今丙申其雨。
合集	12082		今辛〔未〕雨。
合集	12083		今辛□其雨。
合集	12101		（1）今丁卯不其雨。

合集	12102 正		（1）貞：今己亥不其雨。
合集	12527		戊子卜，卯，貞：今丁雨。三〔月〕。
合集	12661		（1）貞：今乙丑亦盅〔雨〕。 （2）貞：今日不其亦盅〔雨〕。
合集	12775		（1）□□卜，王，貞：今丁巳祉雨。
合集	12786		貞：今己亥不祉雨。
合集	12927 正		貞：今乙亥其雨。
合集	12960		貞：今丙申不雨。之□允□□。
合集	13666 反		（1）今丁巳其雨。 （2）貞：今丁巳不雨。
合集	14410		（2）貞：今丙辰其雨。
合集	14433 正		（2）貞：今己亥不祉雨。 （3）貞：〔今己〕亥〔其〕祉〔雨〕。
合集	29915		貞：今壬不雨。
合集	40023		（2）貞：今丁巳其雨。
合集	40273	「巳」字有缺刻	（1）貞：今己巳不其雨。
合補	3697（《東大》322）		……今丁不其雨。
合補	5000（《天理》37）		（2）今乙丑不雨。
合補	10375		……今辛□其雨。
屯南	2508		（1）今戊不其雨。 （2）不雨，今戊。允。
北大	1487		（2）貞：今己亥不其雨。

（六）今日干支・雨

著　錄	編號／【綴合】／（重見）	備　註	卜　辭
合集	12021		壬寅卜，今日壬雨。
合集	12925（《中科院》1155）		今日丁巳允雨不祉。
合集	12939 正		（1）貞：今日壬申其雨。之日允雨。 （2）貞：今日壬申不其雨。
合集	14572 正		（4）今日庚申其雨。 （5）庚申不其雨。
合集	20935		今日戊雨。
合集	29891		（1）其雨。 （2）今日辛不雨。
合集	29911		今日甲雨。
合集	29912		今日辛雨。
合集	29913		（2）今日癸其雨。 （3）翌日甲不雨。 （4）甲其雨。 （5）茲小雨。吉
合集	29922		〔己〕丑卜，今日己雨。
合集	30015+《掇》3.123+30058【《醉》253】		（1）壬午卜，今日壬亡大雨。 （2）其又大雨。 （3）癸亡大雨。 （4）其又大雨。 （5）甲亡大雨。 （6）〔其〕又大雨。

合集	30059		（2）今日壬亡大雨。
合集	30060		今日癸不大雨。
合集	30658		（2）□申卜，今日亥不雨。
合集	33869+33433（參見《補編》10598）		（1）不〔其〕雨。 （2）乙丑，貞：今日乙不雨。 （3）其雨。 （4）不雨。
合集	33870		（1）乙亥〔卜〕，今日乙雨。 （2）不雨。
合集	33876（《合集》34714）		（1）乙卯卜，今日乙雨。 （2）不雨。 （4）……雨……
合集	33877		（1）辛卯，貞：今日辛不雨。 （2）……雨。
合集	33882		（1）乙未卜，今日乙允〔雨〕。 （2）□雨。
合集	33884		（1）戊戌，〔貞〕：今日戊大〔雨〕。 （2）不雨。
合集	33898		（1）〔戊〕子卜，今日戊雨。 （2）不雨。
合集	33899		□□，貞：今日乙雨。
合集	33900		……今日甲不雨。

合補	10589（《天理》540）		（1）不雨。 （3）〔今〕日戊□雨。
合補	10600（《綴新》附圖 56+《綴新》附圖 57）		（1）□子卜，今日戊雨。 （2）不雨。 （3）……雨。 （4）不雨。
合補	10602		（1）不雨。 （2）辛卯，貞：今日辛亦雨。 （3）不雨。
屯南	445+417【《醉》213】		（4）〔辛〕□卜，今日辛不雨。
屯南	0985		（1）丁丑，貞：其雨。 （2）其雨。 （3）庚辰，貞：今日庚不雨，至于辛其雨。
屯南	1125		（1）乙未卜，今……雨。 （2）不雨。 （5）辛亥卜，今日辛，又雨。 （6）亡雨。
屯南	2040		（2）今日庚不雨。
屯南	2199		□□卜，今日庚不雨。
屯南	2410		（3）今日己雨。 （4）今日庚雨。 （5）今日辛雨。
屯南	2627		辛卯卜，今日辛雨。

屯南	4390		（1）庚辰，貞：今日庚不雨，至…… （2）其雨。 （3）其雨。
屯南	4581		（1）乙不〔雨〕。 （2）今丁卯雨。
北大	1501		（1）貞：今日巳雨。
村中南	115		（1）癸巳卜：今日癸雨。 （2）雨。

（七）今旬・雨

著　錄	編號／【綴合】／（重見）	備　註	卜　辭
合集	1106 正		（2）自今旬雨。 （3）今日不〔雨〕。 （4）貞：今乙卯不其〔雨〕。 （5）貞：今乙卯不其〔雨〕。 （6）貞：今乙卯允其雨。
合集	1106 正（乙 6479 綴合位置錯誤）+12063 正+《乙補》5337+《乙補》5719【《醉》198】		（2）貞：今乙卯不其雨。 （3）貞：今乙卯允其雨。 （4）貞：今乙卯不其雨。 （5）貞：自今旬雨。 （6）貞：今日其雨。 （7）今日不〔雨〕。
合集	12480（《旅順》70）		〔戊〕□〔卜〕，㱿，貞：自今旬雨。
合集	12481 正（《旅順》648 正）	填墨	……〔自〕今旬雨，己酉〔雨〕。

合集	12483		……今旬雨。
合集	12484		（2）己亥卜，今旬雨。
合集	12485		……今旬其雨。
合集	12486		（2）癸酉卜，自今旬不其雨。
合集	12536		己酉，自今旬雨。三月，辛亥雨。
合集	29733		今旬五□雨。
合補	3754（《懷特》204）		（2）今夕雨。 （3）不其雨。二月。 （5）今夕雨。 （6）不其雨。二月。 （7）貞……夕其雨。 （8）……不其雨……月。 （9）己酉卜，自今五日雨。 （10）貞：不雨。 （11）貞：不雨。 （12）己酉卜，貞：自今旬雨。

（八）今·月·雨

著　錄	編號／【綴合】／（重見）	備　註	卜　辭
合集	809 正		（5）戊寅卜，穷，貞：今十月雨。 （6）貞：今十月不其雨。
合集	5658 正		（10）丙寅卜，爭，貞：今十一月帝令雨。 （11）貞：今十一月帝不其令雨。 （14）不徝雨。

合集	6251		（1）貞：〔今〕十月〔不〕其雨。
合集	6496		（2）丙戌卜，爭，貞：今三月雨。
合集	9608 正		（3）貞：及今四月雨。 （4）弗其及今四月雨。其……
合集	10199 正		（1）己巳卜，𡆥，貞：今二月雨。
合集	11462 正		（1）丙子卜，𡆥，貞：今十〔一〕月……其雨。
合集	11553+《乙補》6782【《醉》93】		（1）……今二月帝不其令〔雨〕。
合集	12297 反		（1）貞：今三月不其雨。
合集	12487 正		（1）癸巳卜，爭，貞：今一月不其雨。 （2）癸巳卜，爭，貞：今一月雨。王固曰：丙雨。旬壬寅雨，甲辰亦雨。
合集	12488 甲		（1）火，今一〔月〕不其雨。 （2）……不其雨。
合集	12488 乙		（2）己巳卜，爭，火，今一月其雨。 （3）火，今一月其雨。
合集	12489		〔貞〕：今一月〔雨〕。
合集	12495 正		（1）□□卜，□，貞：今□□雨。 （2）今一月雨。 （3）今一月雨。
合集	12496		（1）□□卜，今一月多雨。辛巳〔雨〕。
合集	12506 正		今二月。雨。
合集	12507		貞：今二月不其雨。

合集	12508（《旅順》174）		（1）丁未卜，㕣貞：及今二月〔雨〕。王固曰：吉。其…… （3）……雨。
合集	12509		（2）辛酉卜，今二月雨。七日戊辰雨。
合集	12510		貞：弗其及今二月雨。
合集	12511 正		（1）己丑卜，𡆥，貞：翌庚寅不雨。 （2）丙申卜，亘，貞：今二月多雨。王固曰：其隹丙……
合集	12528		（1）貞：大今三月雨。
合集	12529 正		（1）大今三月不其〔雨〕。
合集	12530 正		乙□卜，穷，貞：及今三月雨。王固曰：其雨，隹……
合集	12531		貞：弗其及今三月雨。
合集	12541		今三月不〔雨〕。
合集	12567		今五月雨。
合集	12577 正		甲午卜，穷，貞：今五月多雨。
合集	12617 正		（1）庚戌卜，弗其及今九月雨。
合集	12621（《合補》03808 正）		辛巳卜，今十月亦盧〔雨〕。
合集	12627		（4）貞：弗其及今十月雨。 （5）及今〔十月〕雨。
合集	12635 正		〔癸〕巳卜，㱿，貞：今十一月不其雨。
合集	12636		（1）丁丑卜，爭，貞：今十一月其雨。 （2）貞：今十一月不其雨。
合集	12637（《旅順》595）		己丑卜，㕣，貞：今十一月不其雨。
合集	12642		（1）貞：及〔今〕十三月雨。

合集	12647		（1）今十三月雨。
合集	12648		（1）□□〔卜〕，□，貞：今十三月雨。 （2）己未卜，㱿，貞：今十三月不其雨。 （3）己未卜，㱿，貞：今十三月雨。 （4）貞：十三月不其雨。 （5）隹上甲壱雨。 （13）貞：今十三月不其雨。 （14）貞：今十三月不其雨。 （15）今十三月雨。 （16）今十三月不其雨。
合集	13034+13485+14295+3814+《乙》4872+《乙》5012【《醉》73】		（1）辛亥，內，貞：今一月帝令雨。四日甲寅夕皀（嚮）乙卯，帝允令雨。 （2）辛亥卜，內，貞：今一月帝不其令雨。
合集	14132 正		貞：今一月帝令〔雨〕。
合集	14134		……今二月帝〔不〕令雨。
合集	14135 正		（1）貞：今二月帝不其令雨。
合集	14136		□□〔卜〕，𠳋，貞：今三月帝令多雨。
合集	14227		（2）貞：及今十三月雨。
合集	14295		（1）辛亥卜，內，貞：今一月帝令雨。四日甲寅夕〔雨〕。 （2）辛亥卜，內，貞：今一月〔帝〕不其令雨。
北大	1458		（1）貞：今月雨。 （2）雨。

北大	1459		貞：今月雨。
北大	1462		貞：今月不雨。
北大	1463		（1）貞：今月雨。
北大	1469		（2）貞：今月雨。
北大	1471		今月雨。
北大	1485		今日雨。一月。
北大	1557		今月雨。
旅順	649	填墨	（2）今十一月雨。

（九）今・季節・雨

著　錄	編號／【綴合】／（重見）	備　註	卜　辭
合集	11535+6697（《合補》1895）【《甲拼》34】		（4）今秋…… （5）〔□□〕卜，今秋…… （6）……雨……
合集	29908		（2）壬寅卜，雨。癸日雨，亡風…… （3）不雨。〔癸〕…… （5）乙亥卜，今秋多雨。 （7）多雨。 （8）丙午卜，日雨。 （9）……不雨。

（十）今至（于）干支・雨

著　錄	編號／【綴合】／（重見）	備　註	卜　辭
合集	667 正		（5）壬寅卜，㱿，貞：自今至于丙午雨。 （6）壬寅卜，㱿，貞：自今至于丙午不其雨。
合集	900 正		（7）自今庚子〔至〕于甲辰帝令雨。 （8）至甲辰帝不其令雨。
合集	3521 正		（3）自今至于己酉不雨。 （4）貞：〔今〕癸亥其雨。
合集	5111		（3）貞：自今至于庚戌不其雨。
合集	6943		（6）辛酉卜，㱿，貞：乙丑其雨，不隹我𡆥。 （7）貞：乙丑其雨，隹我𡆥。 （8）辛酉卜，㱿，貞：自今至于乙丑其雨。壬戌雨，乙丑陰，不雨。 （9）辛酉卜，㱿，自今至于乙丑不雨。
合集	7282（《中科院》325）	「雨」字缺刻橫劃	（1）貞：自今□至于乙不其雨。
合集	9257 正+12315 正甲+18900 正+《乙》4224【《醉》345】		（1）貞：自今至于辛亥雨。 （2）自今至于辛亥不其雨。
合集	9731 正		（2）己卯卜，穷，貞：自今至于癸□〔雨〕。
合集	10097		（2）自〔今〕至〔于〕甲戌不其雨。
合集	10516		（2）庚午卜，爭，貞：自今至于己卯雨。
合集	11804+13248+《合補》3751【《契》70】		（3）貞：自今至于庚辰不雨。 （4）不雨。 （5）不雨。

合集	12019+12321（《合補》3536 正）		（1）甲午卜，自今至于丁雨。 （2）甲午卜，自今五日雨。 （3）甲午卜，自今五〔日雨〕。 （4）……日雨。
合集	12311 正		（1）戊戌卜，㱿，貞：自今至于壬寅□〔雨〕。 （2）貞：自今至于壬寅□雨。
合集	12312 正甲+12312 正乙(《合補》3540 正）+17311 正+《乙補》2620+《乙補》2629+《乙補》2631+《乙補》2746+《乙補》3039+《乙補 5106+《乙補》6771+《乙補》6774+《乙補》6992【《醉》381】		（5）甲辰卜，爭，貞：自今至于戊申雨。 （6）自今甲至于戊申不雨。
合集	12315 正乙（《合補》03539 正）		貞：自今至于辛亥雨。
合集	12318 正		庚子……今至于〔甲〕辰雨。
合集	12318 正+《乙補》154【《醉》249】		（1）庚子〔卜，□，貞：自〕今至于〔甲〕辰雨。
合集	12319		庚子……自今至〔于〕甲辰〔雨〕。
合集	12322 正		（1）丁亥卜，⿱口口，貞：自今至己丑其雨。 （2）……雨。
合集	12324 正+《乙補》587+《乙補》1472+《乙補》1487 倒+《乙補》1474【《醉》26】		（1）丁巳卜，亘，貞：自今至于庚申其雨。 （2）貞：自今丁巳至于庚申不雨。 （3）戊午卜，㱿，貞：翌庚申其雨。 （4）貞：翌庚申不雨。
合集	12327		（1）□巳卜，韋，〔貞〕：自今至□酉其雨。

合集	12330（《合補》03538 正、《東大》314 正）		（1）貞：自今至于庚不其雨。 （2）……至……不……雨。
合集	12332		（1）壬寅卜，自〔今〕至壬〔午〕不其雨。 （2）□巳其雨。
合集	12360		（1）〔甲〕辰卜，翌戊申雨。 （2）戊申〔卜〕，自今〔至〕辛〔亥〕雨。
合集	12820		（1）辛未卜，貞：自今至乙亥雨。一月。 （2）乙未卜，今夕桒舞，㞢从雨。
合集	12852		（2）壬申卜，㱿，貞：舞……烄，亡其雨。 （5）〔壬〕子卜，爭，〔貞〕：自今至丙辰，帝□雨。〔王〕……
合集	12964		（1）甲辰卜，王，翌丁未雨。 （2）甲辰卜，王，自今至己酉雨。允雨。
合集	13226		（1）丙子卜，永，貞：自今至于庚辰其雨。
合集	13390 正		（1）癸酉卜，穷，貞：自今至于丁丑其雨。 （3）貞：茲桒云其雨。 （4）貞：茲桒云不其雨。
合集	14148		（1）□戌卜，爭，貞：自〔今〕至于庚寅帝令雨。 （2）自今至于庚寅帝不其令雨。
合集	14151		（1）自今至庚寅帝其令雨。
合集	14721 正		（4）貞：自今至于戊寅不其雨。
合集	20923		（2）辛丑卜，㠯，自今至于乙巳日雨。乙陰，不雨。 （3）……自今至于乙丑不雨。
合集	20924		（1）壬午卜，自今日至甲申日其雨。一月。 （2）庚……翌……雨。四月。

合集	21052		（1）癸酉卜，自今至丁丑其雨不。 （2）自今至丁丑不其雨，允不。
合集	24665		（1）癸未卜，行，貞：今日至于翌甲申雨。 （2）癸未卜，王，貞：其雨。
合集	29994		（2）翌日戊又雨。 （3）于己大雨。 （4）〔今〕至己亡大雨。
合集	39545（《英藏》00013）		（2）〔自〕今至于辛亥雨。 （3）……旬雨。己酉雨。
合集	40302（《英藏》01011 正）	（2）塗朱	（2）貞：自今至于庚戌不其雨。 （3）貞：生十二月不其雨。

（十一）自今幾日至于干支・雨

著　錄	編號／【綴合】／（重見）	備　註	卜　辭
合集	12316	（3）後「日」字為「其」字誤	（1）貞：自今五日至于丙午〔雨〕。 （2）貞：今五日至〔于丙午不雨〕。 （3）自今五日日雨。 （4）自今五日不其雨。
合集	12329（《合補》3543）		自今日至乙不其雨。
合集	12333 正（《旅順》650 正）+《英藏》1740【《甲拼續》356 則】	塗朱	（1）丙戌卜，貞：自今日至庚寅雨。不。
合集	12334		（1）壬辰卜，爭，自今五日至于丙申不其雨。
合集	19772		（3）戊辰卜，雨。自今三日庚雨少。 （5）……日雨。
合集	20921		己丑卜，〔秳〕，自今五日〔至于〕癸巳其雨，不雨。癸……

（十二）自今干支至于干支・雨

著　錄	編號／【綴合】／（重見）	備　註	卜　辭
合集	12312 正甲+12312 正乙（《合補》3540 正）+17311 正+《乙補》2620+《乙補》2629+《乙補》2631+《乙補》2746+《乙補》3039+《乙補 5106+《乙補》6771+《乙補》6774+《乙補》6992【《醉》381】		（5）甲辰卜，爭，貞：自今至于戊申雨。 （6）自今甲至于戊申不雨。
合集	12317 正		（1）……自今癸巳至于丁酉雨。 （2）……今至……雨。 （3）……雨。
合集	12324 正+《乙補》587+《乙補》1472+《乙補》1487 倒+《乙補》1474【《醉》26】		（1）丁巳卜，亘，貞：自今至于庚申其雨。 （2）貞：自今丁巳至于庚申不雨。 （3）戊午卜，㱿，貞：翌庚申其雨。 （4）貞：翌庚申不雨。
合集	12328 正		（1）……自今戊……丁巳其雨。
合集	12329（《合補》03543）		自今庚至乙〔不〕其雨。
合集	14470 正		（4）貞：自今庚申至于甲子雨。
合集	30048		（1）自今辛至于來辛又大雨。 （2）〔自〕今辛至〔于〕來辛亡大雨。
屯南	2532		辛酉卜，自今日辛雨，至于乙雨。

（十三）今日至干支・雨

著　錄	編號／【綴合】／（重見）	備　註	卜　辭
合集	12329（《合補》3543）		自今日至乙不其雨。
合集	29914		（1）今日至丁又雨。 （2）〔今日至〕丁亡大雨。
合集	29916		今日至己亡大雨。
合集	33868		（1）今日雨。 （2）甲子卜，今日至戊辰雨。 （3）癸酉雨。 （4）癸酉卜，乙亥雨。
合集	33879+《綴新》附圖 53（《合補》10607）		（1）癸巳卜，今日至乙未。 （2）己亥卜，〔庚〕子至壬寅雨。 （3）不雨。 （4）丁……雨。 （5）庚子卜，壬寅雨。 （6）甲辰雨。 （8）丙子卜，雨于……
合集	40258 正		貞：自今日至于己丑不雨。三月。
合集	41094		（2）丙申卜，行，貞：自今日至于戊戌不雨。 （3）貞：其雨。
合補	3537（《天理》120、《蘇德美日》《日》26）		（1）庚午卜，自今至甲戌雨。 （2）自〔今〕至甲〔戌〕不其雨。
屯南	3598		（1）今日至辛卯雨。 （2）丁丑卜，及今夕雨。

（十四）自今旬干支・雨

著　錄	編號／【綴合】／（重見）	備　註	卜　辭
合集	12482		（1）辛亥卜，自今旬……壬子雨。七〔日〕丁巳允〔雨〕。

（十五）自今幾日・雨

著　錄	編號／【綴合】／（重見）	備　註	卜　辭
合集	1086 正		（7）辛酉卜，貞：自今五日雨。 （8）自今辛五日雨。
合集	9733 反		（1）癸巳卜，爭，自今五日雨。 （2）癸巳卜，爭，雨。
合集	12019+12321（《合補》3536 正）		（1）甲午卜，自今至于丁雨。 （2）甲午卜，自今五日雨。 （3）甲午卜，自今五〔日雨〕。 （4）……日雨。
合集	12314		（1）癸巳卜，亘，貞：自今五日雨。 （2）貞：自今五日不雨。 （3）〔甲〕午卜，亘，貞：雨。 （4）甲午雨。 （6）庚子〔卜〕，□，其雨。 （7）辛丑卜，亘，其雨。 （8）辛〔丑〕卜，亘，不雨。 （9）乙巳卜，亘，其雨。 （1）雨……

合集	12316	（3）後「日」字為「其」字誤	（1）貞：自今五日至于丙午〔雨〕。 （2）貞：今五日至〔于丙午不雨〕。 （3）自今五日日雨。 （4）自今五日不其雨。
合集	12963 正		（3）貞：自今五日雨。五乙巳允雨。
合集	20919		（2）辛酉卜，貞：自今五日至〔于〕乙丑雨。
合集	20920		（1）辛亥〔卜〕，于二日雨。 （2）辛亥卜，㠯，自今三日雨。 （3）辛亥卜，㠯，自今五日雨。
合補	3754（《懷特》204）		（2）今夕雨。 （3）不其雨。二月。 （5）今夕雨。 （6）不其雨。二月。 （7）貞……夕其雨。 （8）……不其雨……月。 （9）己酉卜，自今五日雨。 （10）貞：不雨。 （11）貞：不雨。 （12）己酉卜，貞：自今旬雨。

（十六）今幾日・雨

著錄	編號／【綴合】／（重見）	備註	卜辭
合集	12090		今三日雨
合集	12091		□寅卜，今五日雨

合集	12321+《東大》00321 正（《合補》3536 正）		甲午卜，貞：今五日雨。
合集	20965		丁西卜，今二日雨。余曰：戊雨。昃允雨自西。
合集	33747 反		（1）戊辰雨。 （2）戊辰不雨。 （5）二日今雨。

（十七）今日・時間段・雨

著　錄	編號／【綴合】／（重見）	備　註	卜　辭
合集	20397		（1）壬戌又雨。今日小采允大雨。征伐，啬日隹啟。
合集	29328		（1）弜田（賢？），其雨。大吉 （2）今日辛至昏雨。
合集	29803		……日戊。今日湄至昏不雨。
合集	30155	（1）「不」字倒刻	（1）今日湄日不雨。 （2）其雨。

（十八）雨・今日

著　錄	編號／【綴合】／（重見）	備　註	卜　辭
合集	20902		辛未〔卜〕，曰：雨今日。
合集	20908		（1）戊寅卜，陰，其雨今日[illegible]。〔中〕日允〔雨〕。 （2）乙卯卜，丙辰□余〔食〕妣丙，[illegible]，中日雨。三月。
合集	20910		……不雨今日。
合集	20983		□戌卜，[illegible]，雨今日。

二、湄日——雨

（一）湄日・雨

著　錄	編號／【綴合】／（重見）	備　註	卜　辭
合集	27785		貞：叀□省，湄〔日〕不雨。
合集	27799		（3）湄日雨。
合集	28346		（2）乙王其田，湄日不雨。
合集	28513（30112）+38632【《醉》277】		（3）王其田，湄日不冓雨。 （4）〔其〕冓雨。
合集	28516		壬王其田，湄日不遘大雨。
合集	28517		壬辰〔卜〕，貞：今〔日〕□〔王其田〕，湄日不〔遘〕大〔雨〕。吉
合集	28520（《中科院》1612）		（1）弜省，其雨。 （2）今日王其田，湄日不雨。 （3）其雨。 （4）□雨。
合集	28521		王其田，湄日不雨。
合集	28522		（1）翌日乙王其田，湄日不〔雨〕。
合集	28523		（1）〔王其〕田，湄日不雨。吉
合集	28569		（1）王其田𢦏，湄日不〔雨〕。吉 （2）中日往□，不雨。吉　大吉
合集	28615+29965【《綴續》463】		（2）王于壬廼田，湄日不雨。 （3）其雨。

合集	28616		……廼田，湄日不〔雨〕。吉
合集	28628（《歷博》195）		（1）方奠，叀庚酌，又大雨。大吉 （2）叀辛酌，又大雨。吉 （3）翌日辛，王其省田，𠃬入，不雨。茲用　吉 （4）夕入，不雨。 （5）□日，入省田，湄日不雨。
合集	28647		貞：王叀田省，湄〔日〕不雨。
合集	28680		（1）于壬王田，湄日不〔雨〕。 （2）壬王弜田，其每，其冓大雨。
合集	28722		（1）不雨。 （2）田，湄〔日亡〕雨。
合集	28985		（3）辛王省田，湄日不雨。
合集	29093		（1）今日辛王其田，湄日亡災，不雨。 （2）貞：王其省盂田，湄日不雨。 （3）……田省……災，不〔雨〕。
合集	29172		（1）翌日戊王其〔田〕，湄日不雨。 （2）叀宮田省，湄日亡災，不雨。
合集	29263		（1）貞：翌日〔王〕其田牢，湄日不雨。
合集	29327		（2）翌日戊王其田，湄日不雨。 （3）弜田，其雨。
合集	29685		（1）今日乙〔王〕其田，湄〔日〕不雨。大吉 （2）其雨。吉 （3）翌日戊王其省牢，又工，湄日不雨。吉 （4）其雨。吉

			（5）今夕不雨。吉 （6）今夕其雨。吉 （7）□日丁□雨。
合集	29865		（1）……万……奏，〔湄〕不雨。 （2）其雨。
合集	30150		（1）湄日不雨。 （2）其雨。 （3）小雨。
合集	30154		……壬王廼……𪄻，湄日不雨。
合集	30155	（1）「不」字倒刻	（1）今日眉日不雨。 （2）其雨。
合集	30157		貞：叀湄日亡□雨。
合集	33514		（3）王其田，湄日不雨。 （4）其雨。 （5）雨。
合集	37669+38156【《綴續》431】		（1）戊戌〔卜〕，〔貞〕：不遘〔雨〕。 （2）其遘雨。 （3）壬午卜，貞：今日王田書，湄日不遘〔雨〕。 （4）其遘雨。 （5）乙巳卜，貞：今日不雨。
合集	37714		（2）其遘雨。 （3）戊辰卜，貞：今日王田書，湄日不遘雨。 （4）……雨。

合集	37728		（1）其〔雨〕。 （2）戊申卜，貞：今日王田磬，不遘雨。 （3）其遘雨。 （4）辛亥卜，貞：今日王田𦺇，湄日不遘〔雨〕。 （5）不遘雨。
合集	38135		（1）戊午卜，貞：翌日戊湄日不雨。 （2）其雨。
合集	38161+38163（《合補》11645）		（1）……不多雨。 （2）壬子卜，貞：湄日多雨。 （3）不征雨。
合集	41514		（1）王其淒，湄日不冓大雨。 （2）……雨。
合補	9064《東大》1260		王其田湄〔日〕遘大雨。
屯南	0117		（1）王其田盂，湄日不雨。 （2）其雨。
屯南	0272		（2）翌日乙，王其省田，湄日不冓雨。 （3）其冓雨。
屯南	2087		（2）翌日戊，〔王〕其田，湄日不冓雨。 （3）其冓雨。
屯南	2966		（1）其遘大雨。 （2）不遘小雨。 （3）辛，其遘小雨。 （4）壬，王其田，湄日不遘大雨。大吉 （5）壬，其遘大雨。吉 （6）壬，王不遘小雨。

村中南	509		（2）……〔王〕其田，〔湄〕日不雨？
英藏	02302		王其田犾，湄日亡不雨。
蘇德美日	《德》301		□丑卜，丁卯湄日亡大雨。吉

（二）湄日……雨

著　錄	編號／【綴合】／（重見）	備　註	卜　辭
合集	29863		（1）翌日……湄日……雨。 （2）其雨。吉
合集	41553（《英藏》02308）		……湄日……雨。
合補	9451		貞：叀……省湄……不雨。
屯南	4045		……鶒田，湄……戋，不雨。

（三）雨・湄日

著　錄	編號／【綴合】／（重見）	備　註	卜　辭
合集	27931		丙戌卜，戊亞其隮其豊……茲雨，眉日。

（四）湄日亡戋・雨

著　錄	編號／【綴合】／（重見）	備　註	卜　辭
合集	28515+30144+《安明》1952【《契》116】		（1）戊辰卜：今日戊，王其田，湄日亡戋，不……大吉 （2）弜田，其每，遘大雨。 （3）……湄日亡戋，不遘大雨。 （4）其獸，湄日亡戋，不遘大雨……吉
合集	28491		乙丑卜，狄，貞：今日乙王其田，湄日亡災，不遘大雨。大吉

合集	28494		（2）王其田，湄日亡𢦏，不雨。大吉
合集	28512		（1）……王其田，湄日亡𢦏，不冓雨
合集	28519		翌日乙王其田，湄日亡〔𢦏〕，不雨。
合集	28608		（2）于壬王廼田，湄日亡𢦏。不雨。
合集	28645		王叀田省，湄日亡𢦏，不冓大雨。
合集	29093		（1）今日辛王其田，湄日亡災，不雨。 （2）貞：王其省盂田，湄日不雨。 （3）……田省……災，不〔雨〕。
合集	29157		（1）辛亥卜，王其省田，叀宮，不冓雨。 （2）叀盂田省，不冓大雨。 （3）叀宮田省，湄亡𢦏，不冓大雨。
合集	29172		（1）翌日戊王其〔田〕，湄日不雨。 （2）叀宮田省，湄日亡災，不雨。
合集	29324		（2）丁亥卜，狄，貞：其田（𧶠？）叀辛，湄日亡災，不雨。
合集	29326		叀（𧶠？）〔田〕，〔湄〕日亡災，不〔雨〕。
合集	29352		（2）田襄，湄日亡𢦏，不冓雨。大吉
合集	33533		（1）辛王弜田，其雨。 （2）壬王弜田，其雨。 （3）……盂……湄日亡𢦏，不冓雨。
合集	41565		……盂田，湄日〔亡〕𢦏。不雨。
合補	9425（《天理》443）		王叀𩰬田湄日亡叀，不〔冓〕雨。
屯南	0757		（1）辛弜田，其每，雨。 （2）于壬王廼田，湄日亡𢦏，不冓大雨。
旅順	1830	「省」字被刮削。	……盂田省，湄日〔亡〕𢦏，不雨。

（五）湄日至……雨

著　錄	編號／【綴合】／（重見）	備　註	卜　辭
合集	28625+29907+30137【《甲拼》172】	（1）「田」字缺刻橫劃。	（1）王其省田，不冓大雨。 （2）不冓小雨。 （3）其冓大雨。 （4）其冓小雨。 （5）今日庚湄日至昏不雨。 （6）今日其雨。
合集	29803		……日戊。今日湄至昏不雨。

三、翌——雨

（一）翌・干支・雨

著　錄	編號／【綴合】／（重見）	備　註	卜　辭
合集	6		（34）庚寅卜，貞：翌辛卯王𣪘交，不雨。八月。 （35）辛卯卜，貞：今日其雨。八月。
合集	63 正		（5）貞：翌辛卯叀𠦪雨夒，畀雨。
合集	156		（4）貞：翌甲寅其雨。 （5）貞：翌甲寅不其雨。
合集	158		（1）貞：翌甲寅征雨。 （2）翌甲征雨。
合集	179 反		翌甲寅不雨，☐。

合集	423		（3）〔翌乙未其雨〕。 （4）翌乙未不雨。 （5）〔翌丁〕酉其雨。 （6）不雨。 （7）〔翌戊〕戌雨。 （8）翌戊戌不雨。 （9）翌己亥其雨。 （10）不雨。 （11）翌庚子其雨。 （12）〔翌庚〕子不雨。 （13）翌辛丑其雨。 （14）翌辛丑不雨。 （16）翌壬寅不雨。 （17）癸卯其〔雨〕。 （18）翌癸卯不雨。
合集	458 正（《旅順》418）	填墨	（4）甲辰卜，𣪊，貞：翌乙巳其雨。 （5）不雨。
合集	478 正+《乙補》6708+《乙補》6698【《醉》124】		（2）貞：翌丙申其雨。
合集	593+《掇三》708【《契》265】		（3）貞：翌庚子不雨。 （4）貞：翌庚子其雨。
合集	685 正		（10）翌壬寅其雨。 （11）翌壬寅不雨。
合集	914 正		（19）□□〔卜〕，穷，貞：翌乙亥不雨，易日。

合集	939 反		（8）翌乙未其雨。
合集	952 正		（9）翌乙丑其雨。 （10）翌乙丑不雨。
合集	974 正+17481【《合補》5124 部份綴合】		（5）翌甲戌其雨。 （6）翌甲戌不雨。 （7）翌己卯其雨。 （8）翌己卯不雨。
合集	1051 正		（5）翌庚寅不其雨。
合集	1052 正		（11）翌壬寅雨。 （12）其隹今夕雨。
合集	1075 反		（4）翌□丑雨。
合集	1424		（2）甲申卜，翌乙雨。 （3）翌乙不雨。
合集	1633		（1）翌丙午其雨。 （2）翌丙午其□雨。
合集	2273 反+2832 反甲+2832 反乙+《乙》2299+《乙》2379+《乙補》794+《乙補》795+《乙補》5733【《綴彙》237】		（2）貞：翌庚辰其雨。 （3）貞：翌庚辰不雨。
合集	2837		（5）雨。 （6）貞：翌乙巳不雨。
合集	2944		（2）翌己酉雨。
合集	2987+6191 正+13305【《合補》3932 正遙綴）】		（2）貞：翌庚辰不雨。

合集	2988+6189（《合補》1781）		（4）翌☐辰雨。
合集	3183 正甲		（2）翌癸未不其雨。 （3）貞：不其雨。
合集	3297 反		（2）貞：翌辛丑不其敃。王固曰：今夕其雨，翌辛〔丑〕不〔雨〕。之夕允雨，辛丑敃。
合集	3869 正+11882 正【《醉》359】		（1）甲午卜，𠷎，翌丙申其雨。
合集	3971 正+3992+7996+10863 正+13360+16457+《合補》988+《合補》3275 正+《乙》6076+《乙》7952【《醉》150】		（10）☐翌辰☐其征雨。 （11）不征雨。
合集	3898 正+12417 正+14620（部份重見《合補》3278 正）【《合補》3635 正】		（1）庚申卜，永，貞：翌辛酉雨。 （2）庚申卜，永，貞：翌辛酉不其雨。 （3）……貞：弗……雨。 （4）庚申卜，永，貞：河壱雨。 （5）貞：河弗壱雨。
合集	5654+《乙補》6477 倒+6478 倒【《醉》302】		（2）翌壬申其雨。
合集	6037 正		（1）貞：翌庚申我伐，易日。庚申明陰，王來𡧊首，雨小。 （3）……雨。 （4）翌乙〔丑〕不其雨。
合集	6037 反		（1）翌庚其明雨。 （2）不其明雨。 （3）〔王〕固曰：易日，其明雨，不其夕〔雨〕小。 （4）王固曰：其雨。乙丑夕雨小，丙寅喪，雨多，丁……

合集	6947 正		（1）辛亥卜，爭，貞：翌乙卯雨。乙卯允雨。 （2）貞：翌乙卯不其雨。
合集	7076 反		（2）翌甲申其雨。 （3）不雨。
合集	8511		（2）貞：翌丙辰其雨。
合集	8512+《合補》3925【《契》221】		（2）貞：：翌甲寅不其易日。 （3）易日。 （4）貞：：翌庚辰不其易日。 （5）貞：：翌庚辰易日。 （6）庚辰卜，𠫑，貞：今日其雨。 （7）今日不雨。
合集	9040 正		（1）庚辰卜，穷，貞：丁亥其雨。 （2）貞：翌丁亥不雨。
合集	9177 反		（2）王固曰：隹翌丁不雨，戊雨。 （3）庚〔寅〕㞢〔从雨〕。
合集	9251 正		（1）翌辛其雨。 （2）翌辛不雨。
合集	9465		（4）貞：翌丙辰不雨。 （5）貞：翌丙辰其雨。
合集	9709		（1）翌丁丑其雨。
合集	12309+10292【《契》29】		（2）壬戌卜，今夕雨。允雨。 （3）壬戌卜，今夕不其雨。 （4）甲子卜，翌乙丑其雨。

合集	10556		（3）丙寅卜，翌丁卯雨。 （6）戊□〔卜〕……囙……雨。
合集	10588		（1）……〔翌〕甲午其雨。
合集	10597（《合補》13210、《蘇德美日》《德》163）		（1）翌□午□雨。
合集	11859		（1）貞：翌□丑□雨。 （2）貞：其雨。
合集	11956		〔翌〕甲午〔不〕其雨。
合集	11964+3819【《契》256】		（3）貞：翌乙丑不其雨。〔註4〕
合集	11971 正+12976+14599+《合補》4497+《乙》8358+《乙補》555+《乙補》612+《乙補》3000【《醉》338 正】		（3）辛卯卜，㱿，貞：雨。王固曰：甲雨。四日甲午允雨。 （4）貞：不其雨。 （6）甲午卜，爭，貞：翌丙申雨。
合集	11971 反+12976+14599+《合補》4497+《乙》8358+《乙補》555+《乙補》612+《乙補》3000【《醉》338 反】		（1）王固曰：隹丁……今日……雨。
合集	12051 正		（3）甲辰卜，㑴，貞：今日其雨。 （4）甲辰卜，㑴，貞：今日不其雨。 （5）甲辰卜，㑴，貞：翌乙巳其雨。 （6）貞：翌乙巳不其雨。 （10）貞：翌丁未其雨。 （11）貞：翌丁未不其雨。

〔註 4〕《契合集》:「丑」字在未綴合之前，極似「癸」字的殘文，故《釋文》、《校釋》、《摹釋》皆誤為「癸」字。經綴合後可補正。」參見林宏明：《契合集》，頁 191。

合集	12309+10292【《契》29】		（2）壬戌卜，今夕雨。允雨。 （3）壬戌卜，今夕不其雨。 （4）甲子卜，翌乙丑其雨。
合集	12324 正+《乙補》587+《乙補》1472+《乙補》1487 倒+《乙補》1474【《醉》26】		（1）丁巳卜，亘，貞：自今至于庚申其雨。 （2）貞：自今丁巳至于庚申不雨。 （3）戊午卜，㱿，貞：翌庚申其雨。 （4）貞：翌庚申不雨。
合集	12339		〔戊〕午卜，〔亘〕，貞：翌〔己〕未〔雨〕。
合集	12340		庚辰卜，穷，貞：翌辛巳雨。
合集	12341		（1）庚子卜，逆，貞：翌辛丑雨。 （2）貞：翌辛丑不其雨。
合集	12342		（1）庚子卜，永，貞：翌辛丑雨。 （2）貞：翌辛丑不其雨。 （3）壬寅卜，永，貞：翌癸□雨。 （4）貞：翌癸卯不其雨。
合集	12343		（1）……雨…… （2）不其雨。 （3）丙申卜，㱙，貞：翌戊戌雨。 （4）己亥〔卜〕，㱙，〔貞〕：翌庚子雨。
合集	12344		（1）癸未卜，爭，貞：翌甲申雨。 （2）貞：翌丙□雨。
合集	12345		庚子卜，貞：翌癸卯雨。
合集	12346		□□〔卜〕，韋，貞：翌庚午雨。

合集	12347		（1）丙子卜，隼，貞：翌丁丑雨。 （2）貞：不其雨。
合集	12348		（2）乙丑卜，敵，貞：翌丙雨。 （4）己卯卜，翌庚易日，不雨。不易日，攴。
合集	12349		（1）貞：翌庚申雨。 （2）不其雨。
合集	12350		（1）丙辰卜，□，貞：翌己〔巳〕雨。
合集	12351		貞：翌庚寅雨。
合集	12352（《合補》3637）		貞：翌庚戌雨。
合集	12353		貞：翌丁亥雨。
合集	12354 正		（1）貞：翌乙亥雨。王固〔曰〕……來……申……
合集	12357（《蘇德美日》《德》48）+12456+英 01017（《合補》13227）		（1）丁□卜，內，翌戊□雨。陰。 （2）丙戌卜，內，翌丁亥不其雨。丁亥雨。 （3）玆不𢀛，雨。 （4）丁亥卜，內，翌戊子不其雨。戊陰，不雨。 （5）戊子卜，內，翌己丑雨。己敉。 （6）〔己〕丑卜，內，翌庚寅雨。不雨，陰。 （7）翌己丑不其雨。 （8）〔庚〕寅不其雨。
合集	12358		〔癸〕巳卜，〔貞〕：翌甲午雨。
合集	12359		庚寅卜，翌辛丑雨。陰。
合集	12360		（1）〔甲〕辰卜，翌戊申雨。 （2）戊申〔卜〕，自今〔至〕辛〔亥〕雨。

合集	12361		壬辰卜，翌癸雨。
合集	12362		（1）翌己巳〔雨〕……雨。
合集	12363		（2）翌庚戌雨。
合集	12364		翌丁亥雨。
合集	12365		（1）翌□子雨。
合集	12366		（1）翌□酉□雨。
合集	12368		（1）己酉卜，翌庚戌雨。 （2）……雨。
合集	12369（《旅順》699）		癸丑卜，爭，貞：翌丁巳不雨，〔易日〕。
合集	12370		（1）乙酉卜，爭，貞：翌丁亥不雨。
合集	12371		□□卜，爭，〔貞〕：翌丁亥不雨。
合集	12372		（1）〔丙〕戌卜，史，貞：翌丁亥不雨。
合集	12373		（1）己丑〔卜〕，允，貞：翌庚寅不雨。
合集	12374		□□〔卜〕，〔允〕，貞：翌辛未不雨。
合集	12375		庚午卜，穷，貞：翌辛未不雨。
合集	12376+《乙》4906+《乙》8543+《乙補》3501+《乙》4767+《乙》8374+《乙補》4215【《醉》368】		（3）壬申卜，內，貞：翌乙亥其〔雨〕。乙亥□暈。 （4）壬申卜，內，貞：翌乙亥不雨。乙亥……
合集	12377		（1）〔乙〕未卜，㱿，〔貞〕：翌丙申不雨。 （2）……雨。
合集	12379		（2）貞：翌丁丑不雨。
合集	12380		甲辰卜，貞：翌〔乙〕巳不雨。

合集	12381		（1）丁亥卜，貞：翌戊〔子〕不雨。
合集	12382（《蘇德美日》《德》49）		貞：翌庚午不雨。
合集	12383 正		貞：翌丁未不雨。
合集	12384		貞：翌丁巳不〔雨〕。
合集	12385		貞：翌辛丑不雨。
合集	12386 正		（1）貞：翌丁未不雨。
合集	12387 正		貞：翌丁卯不雨。
合集	12388		（1）貞：翌壬午不雨。 （2）貞：翌癸未不雨。
合集	12389		〔貞〕：翌丁未不雨。
合集	12390		貞：翌庚子不雨。
合集	12391（《合集》40259）		（1）戊申卜，亘，貞：翌庚〔戌〕其〔雨〕。 （2）貞：翌庚戌不雨。
合集	12392		貞：翌辛亥不雨。
合集	12393+12413【《契》30】		（2）貞：翌庚辰不雨。 （3）翌庚辰其宜，不其易日。 （4）貞：翌丁亥其雨。
合集	12394（《合補》3721、《天理》124）		（1）貞：〔翌〕戊〔寅〕其〔雨〕。 （2）貞：翌己卯不雨。
合集	12396 正		（1）翌甲申雨。 （2）翌甲申不雨。
合集	12396 反		王固曰：今夕不雨。翌甲申雨。

合集	12397 反		貞：翌丁未不雨。
合集	12398		（1）翌乙未不雨。
合集	12399		翌壬申不雨。
合集	12400		（1）翌甲戌其雨。 （2）翌甲戌〔不〕雨。
合集	12400+12442【《甲拼》156】		（1）翌甲戌〔不〕雨。 （2）翌甲戌其雨。 （4）翌乙亥其雨。
合集	12401		（1）翌乙丑不雨。
合集	12402		翌己巳不雨。
合集	12403		翌庚□不雨。
合集	12404		（2）翌辛□不雨。
合集	12405		□卯卜，翌□巳不〔雨〕。
合集	12406（《合集》12044）		丙辰卜，〔翌〕丁不雨。
合集	12407		（1）〔丁〕卯卜，㱿，貞：翌戊〔辰〕其雨。 （2）戊辰卜，㱿，貞：翌己巳其雨。
合集	12408		甲辰卜，㱿，貞：翌乙巳其雨。
合集	12409		〔甲〕辰卜，亘，貞：翌乙巳其雨。
合集	12409+《乙補》6603+《乙補》6602【《醉》92】		〔甲〕辰卜，亘，貞：翌乙巳其雨。
合集	12410		（1）戊辰卜，韋，貞：翌己巳其〔雨〕。 （2）〔貞：翌〕己巳不雨。

合集	12411 正		（2）癸丑〔卜〕，貞：翌〔甲〕寅其雨。
合集	12411 反		……夕……〔寅允〕雨。
合集	12412		（1）□□卜，爭，貞：翌庚辰其雨。 （2）……雨，㞢佊……
合集	12413		（2）貞：翌丁亥其雨。
合集	12414 正		（1）貞：翌乙酉其雨。
合集	12415		（1）貞：翌乙酉其雨。
合集	12416		（1）貞：翌乙未其雨。
合集	12418		貞：翌乙巳其雨。
合集	12419		貞：翌甲辰其雨。
合集	12420		（1）貞：翌庚辰其雨。 （2）貞：歲〔其〕雨。
合集	12421（《中科院》498）		貞：翌戊申其雨。
合集	12422 正		貞：翌辛丑其雨。
合集	12423 反		貞：翌甲寅其雨。
合集	12424（《合補》3771、《天理》114）		（1）貞：翌庚辰其雨。 （2）貞：翌庚辰不雨。 （3）庚辰〔陰〕，大采〔雨〕。
合集	12425+《珠》766【《合補》3770】		（1）不其雨。 （1）貞：翌庚辰其雨。 （2）貞：翌庚辰不雨。庚辰陰，大采雨。
合集	12426		（1）貞：翌甲申其雨。 （2）〔貞〕：翌甲〔申〕其雨。

合集	12427		貞：翌癸酉其雨。
合集	12428		（1）貞：翌辛未其雨。
合集	12429 正		貞：翌戊辰其雨。
合集	12430		（1）貞：翌庚子其雨。 （2）貞：翌庚子不雨。
合集	12431		（2）貞：不雨。 （3）貞：翌乙丑其雨。 （4）貞：不雨。 （6）貞：翌丁卯其雨。
合集	12432		（1）貞：□夕□〔雨〕。 （2）貞：翌戊申其雨。 （3）貞：翌戊申不雨。
合集	12432+19251【《契》50】		（1）貞：今夕其雨。 （2）貞：今夕不雨。 （3）貞：翌戊申其雨。 （4）貞：翌戊申不雨。
合集	12433		（1）貞：今夕其雨。 （2）貞：今夕不雨。之夕不雨。 （3）貞：翌戊申其雨。 （4）貞：翌戊申不雨。
合集	12434 正		（1）貞：翌乙亥其雨。 （2）貞：翌乙亥不雨。
合集	12435		（1）〔貞〕：翌庚其雨。

合集	12436		（2）戊子卜，朿，翌己丑其雨。 （3）戊子卜，朿，翌己丑不雨。 （4）己丑卜，朿，翌庚寅其雨。 （5）己丑卜，翌庚寅不雨。 （6）庚寅卜，朿，翌辛卯不雨。 （7）翌辛卯其雨。
合集	12437		（1）壬申卜，㱿，翌甲戌其雨。 （2）壬申卜，㱿，翌甲戌不雨。
合集	12438 正		（1）翌庚寅其雨。 （2）翌庚寅不其雨。
合集	12438 反		庚寅不雨。
合集	12439 正		（1）〔貞〕：翌庚辰其雨。 （2）貞：翌庚辰其雨。
合集	12439 反		……曰勿㞢不雨……
合集	12440		翌庚辰其雨。
合集	12441 甲		翌癸卯不雨。
合集	12441 乙		〔翌〕癸卯其〔雨〕。
合集	12443		（1）翌己巳其雨。 （2）翌己巳不雨。
合集	12444		（1）翌癸卯其雨。 （2）翌癸卯不雨。
合集	12445 正		（1）翌乙亥其雨。 （2）翌乙亥不雨。 （3）翌□丑□雨。

合集	12446 部份+20864+《乙補》2597+《乙補》95+《乙》490 倒+《合補》3657+《乙》6347+《乙》6336 倒【《醉》284】		（1）翌庚寅其雨。 （2）翌庚寅不雨。 （4）翌辛卯不雨。 （5）翌壬辰雨。 （6）翌壬〔辰〕不雨。 （7）翌癸巳其雨。 （8）翌癸巳不雨。
合集	12446 乙		（1）翌□未〔其〕雨。 （2）翌庚寅其雨。
合集	12446 乙部份（乙 3970）+乙補 3113		翌乙未其雨。
合集	12447 甲+《乙補》956+《乙補》2101+《乙補》1333+《乙》1082【《綴續》515、《醉》63】		（1）翌乙亥不雨。 （2）翌丙子不雨。 （3）翌丁丑不雨。 （4）……不雨。
合集	12447 乙+《乙補》956+《乙補》2101+《乙補》1333【《綴續》515、《醉》63】		（1）……其雨。 （2）翌乙亥其雨。 （3）翌丙子其雨。 （4）翌丁丑其雨。 （5）翌庚辰其雨。
合集	12448 甲		翌癸巳其雨。
合集	12448 乙（《合補》3660）		（1）〔翌〕癸巳其雨。
合集	12449 甲部份+12449 乙+乙補 5924（參見綴續 486）		翌庚寅不其雨。

合集	12449 乙+12449 甲部份(《乙》2611)+《乙補》5924+【《醉》65】		(1) 翌庚寅其雨。 (2) 翌庚寅不〔雨〕。 (3) 翌辛卯其雨。
合集	12450		(3) 翌辛卯不雨。 (4)〔翌〕辛卯其雨。
合集	12451		□□〔卜〕,〔穷〕,貞:翌戊寅不其雨。
合集	12452		貞:翌丁巳不其雨。
合集	12453		(1) 貞:翌辛未不其雨。不雨。 (2) ……〔不其雨〕。
合集	12454		貞:翌丁未不其雨。
合集	12455		□□〔丁〕內,翌丁卯不其雨。
合集	12457		壬寅卜,翌癸不其雨。
合集	12458		(1) 翌辛卯不其雨。
合集	12459		(1) 戊子卜,翌庚寅雨。 (2) 戊子卜,翌庚寅不其雨。 (3) 庚寅卜,翌癸巳雨。 (4) 庚寅卜,翌癸巳不其雨。
合集	12460		(1) 翌乙巳其雨。 (2) 翌乙巳不其雨。
合集	12461		翌庚辰不其雨。
合集	12462		翌甲不其雨。
合集	12503		貞:翌戊寅雨。二月。

合集	12511 正		（1）己丑卜，𡆥，貞：翌庚寅不雨。 （2）丙申卜，亘，貞：今二月多雨。王固曰：其隹丙……
合集	12517		（1）翌丁亥其雨。二月。 （2）翌丁亥不〔雨〕。允不〔雨〕。
合集	12591		（1）辛亥卜，翌壬子雨。 （2）貞：不雨。六月。 （4）……雨。
合集	12908		（1）〔丁〕酉雨。之夕㞢，丁酉允雨，少。 （2）〔丁〕酉卜，翌戊戌雨。 （3）庚午卜，辛未雨。 （4）庚午卜，壬申雨。壬申允雨。□月。 （5）□□卜，癸酉雨。
合集	12908+《東大》444【《綴彙》409】		（1）庚午卜，辛未雨。 （2）庚午卜，壬申雨。壬申允雨。□月。 （6）丙申卜……酉雨。之夕㞢丁酉允雨。小。 （7）□酉卜，翌戊戌雨。 （8）……卜，癸酉雨。
合集	12910		（1）丁未卜，翌戊雨不。 （2）己酉雨。允雨。 （3）辛……雨。三月。
合集	12911		（1）戊寅其雨。戊寅允〔雨〕。 （2）翌己卯其雨。
合集	12912		〔翌〕乙未其〔雨〕。〔乙〕未允雨。

合集	12921 正		（6）辛丑卜，穷，貞：翌壬寅其雨。 （7）貞：翌壬辰不其雨。
合集	12950		（1）……王固曰。吉……翌辛其雨。之□允雨
合集	12964		（1）甲辰卜，王，翌丁未雨。 （2）甲辰卜，王，自今至己酉雨。允雨。
合集	12965		……翌丁亥允雨。
合集	12966（《旅順》651）+《粹》735		（1）丁未卜，箙，翌戊申雨。 （2）辛亥卜，箙，貞：翌壬子雨。允雨。 （3）辛亥卜，箙，翌壬雨。允雨。 （4）壬子卜，箙，翌癸丑雨。允雨。 （5）癸丑卜，箙，翌甲雨。甲允雨。 （6）……乙雨。 （7）乙卯卜，翌丙雨。
合集	12968		（2）翌癸亥其雨，癸亥允雨。
合集	12970（《中科院》53）		翌甲辰雨。允雨。
合集	12971		（1）壬辰卜，內，翌癸巳雨。癸巳見，允雨。
合集	12972 正		（3）翌癸〔丑〕其雨。 （4）翌癸丑不其〔雨〕。
合集	12972 反		（2）王固曰：癸其雨。癸丑允雨。
合集	12973+臺灣某收藏家藏品+《乙補》5318+《乙補》229【《綴彙》218】		（1）甲子卜，㱿，翌乙丑不雨。允□雨。 （2）甲子卜，㱿，翌乙丑其雨。 （3）……翌……雨，允不雨。 （4）乙丑卜，㱿，翌丙寅其雨。

			（5）丙寅卜，㱿，翌丁卯不雨。 （6）丙寅卜，㱿，翌丁卯其雨。丁卯允雨。 （7）丁卯卜，㱿，翌戊辰不雨。 （8）丁卯卜，㱿，翌戊辰其雨。 （9）戊辰卜，㱿，翌戊辰不雨。 （10）戊辰卜，㱿，翌戊辰其雨。 （11）己巳卜，㱿，翌庚午不雨。允不〔雨〕。 （12）己巳卜，㱿，翌庚午其雨。 （13）壬申卜，㱿，翌癸……雨。 （14）癸酉卜，㱿，翌甲戌不雨。 （16）〔乙亥〕卜，㱿，翌丙子不雨。 （17）乙亥卜，㱿，翌丙子其雨。 （18）丙子卜，㱿，翌丁丑不雨。 （19）翌丁丑其雨。 （20）辛酉卜，㱿，翌壬戌不雨，之日夕雨不征。 （21）辛酉卜，㱿，翌壬戌其雨。 （22）壬戌卜，㱿，翌癸亥不雨，癸亥雨。 （23）癸亥卜，㱿，翌甲子不雨，甲子雨小。
合集	12974		（2）丁丑卜，翌戊寅不雨。允不雨。 （3）翌戊寅其雨。 （4）戊寅卜，爭，貞：翌己卯其雨。 （5）戊寅卜，爭，翌己卯不雨。
合集	12975		（2）翌己未不其雨。允不。 （3）〔翌〕庚申不其雨。

合集	13007 正		□□卜，亘，貞：翌甲申不雨，癸雨。
合集	14146+《乙》2772【《醉》252】		貞：翌庚寅，帝不令雨。
合集	13240		（1）癸未卜，〔穷〕，〔貞：翌〕乙酉其〔雨〕。 （2）貞：翌乙酉不雨。 （3）其雨。
合集	13316 正		（1）□□〔卜〕，□，〔貞〕：翌丁丑不雨。 （3）□□〔卜〕，□，〔貞〕：翌丁丑其雨。
合集	13334		（2）翌壬戌其雨。壬戌風。
合集	13375 正		……〔壴〕……壬其雨，不……中彔〔允〕……辰亦……風。
合集	13375 反		（1）……〔翌〕壬不雨，壬其雨。
合集	13448（《歷博》53）		……〔翌〕日允雨，乙巳陰。
合集	13793 反		（2）翌戊子雨。 （3）……不其雨。
合集	13868+《合補》5006【《甲拼》254】		（2）己酉卜，貞：翌辛亥其雨。 （5）己酉卜，貞：今日祉雨。
合集	14149 正		（1）〔癸丑〕卜，㱿，貞：翌甲寅帝其令雨。 （2）癸丑卜，㱿，貞：翌甲寅帝〔不〕令雨。
合集	14150		貞：翌丁亥帝其令雨。
合集	14153 正甲		（1）丙寅卜，〔㱿，翌丁〕卯帝其令雨。 （2）丙寅卜，〔㱿，翌丁〕卯帝不令雨。
合集	14153 正乙		（1）丁卯卜，㱿，翌戊辰〔帝〕其令〔雨〕。戊…… （2）丁卯卜，㱿，翌戊辰帝不令雨。戊辰允陰。 （3）戊〔辰〕卜，㱿，〔翌〕己巳〔帝〕令〔雨〕。

			(4) 丙辰卜，殻，翌己巳帝不令雨。 (7) 辛未卜，〔殻〕，翌壬〔申〕帝其〔令〕雨。 (8) 辛未卜，〔殻〕，翌壬〔申〕帝〔不令〕雨。壬〔申〕暈。 (9) 申壬〔卜，殻〕翌癸〔酉〕帝其令雨。 (10) 申壬卜，〔殻〕翌癸酉帝不令雨。 (11) 甲戌卜，殻，翌乙亥帝其令雨。 (12) 甲戌卜，殻，翌乙亥帝不令雨。 (13) 乙亥卜，殻，翌丙子帝其令雨。 (14) 乙亥卜，殻，翌丙子帝不令雨。 (15) 丙子卜，殻，翌丁丑帝其令雨。
合集	14161 正		(11) ……翌甲午其雨。 (12) 翌甲午其雨。
合集	14161 反（《合補》3367 反）		(1) 己丑卜，爭，翌乙未雨。王固曰…… (2) ……〔乙〕未不雨。 (3)〔癸〕未卜，爭，貞：雨。 (4) 王固曰：雨，隹其不祉。甲午允雨。 (5) 王固曰：于辛雨。
合集	14576 正甲+《乙補》2358+《乙》2783【《醉》168】		(5) 貞：翌癸卯雨。 (6) 貞：翌癸卯其雨。
合集	14576 正乙		(3) 貞：翌癸卯雨。
合集	14732		(3) ……之……雨。 (9) 丙子卜，內，翌丁丑其雨。 (10) 翌丁丑不雨。

合集	16131 正		（4）其雨。 （5）不雨。 （8）貞：翌癸丑其雨。 （9）翌甲寅其雨。
合集	16449+17387【《甲拼》127】		（1）〔貞〕：翌〔丁〕巳其雨。 （3）貞：翌丁巳不雨。
合集	18903	朱書	貞：翌丙，今日亡其从雨。□吉。
合集	20398		（2）戊寅卜，于癸舞，雨不。 （3）辛巳卜，取岳，比雨。不比。三月。 （4）乙酉卜，于丙𠦪岳，比。用。不雨。 （7）乙未卜，其雨丁不。四月。 （8）以未卜，翌丁不其雨。允不。 （10）辛丑卜，𠦪𤵸，比。甲辰陷，雨小。四月。
合集	20899		（1）戊寅〔卜〕，貞：翌己雨。 （2）癸未卜，雨，今……
合集	20967		（1）甲子卜，乙丑雨，昃雨自北少。 （2）甲子卜，翌丙雨，乙丑昃雨自北少。
合集	21000		（1）乙丑，貞：雨。曰戊寅。旬四日，其雨。十二月。 （2）乙丑，貞：庚翌雨。
合集	22383		（2）□□卜，〔貞〕：翌戌雨。
合集	23121		（5）乙丑卜，王曰：貞：翌丁卯不雨。丙戌雨。
合集	24161		（3）庚申卜，旅，貞：翌辛〔酉〕不雨。

合集	24665		（1）癸未卜，行，貞：今日至于翌甲申雨。 （2）癸未卜，王，貞：其雨。
合集	24673		〔丙〕寅卜，大，〔貞〕：翌丁〔卯〕不雨。
合集	24674		丙辰〔卜〕，□，貞：翌丁〔巳〕不雨。
合集	24675		〔丙〕□卜，大，〔貞〕：翌丁□不雨。
合集	24759		丙辰卜，尹，貞：今日至于翌丁巳雨。
合集	24765		（1）丙子卜，喜，貞：翌丁丑雨。三月。
合集	24766		〔甲午〕卜，喜，〔貞〕：翌乙未雨。
合集	24768		〔甲寅卜〕，喜，貞：〔翌〕乙卯雨。
合集	24882		（1）甲午卜，□，貞：翌乙〔未〕不冓雨。 （2）貞：其冓雨。一月。
合集	24904		（1）辛卯〔卜〕，□，貞：亡……于翌壬〔辰〕廼雨。
合集	24910		（1）□□卜，出，貞：翌辛巳雨。
合集	30042		（2）于翌辛夕，又大雨。
合集	33309		（1）庚寅卜，翌辛卯雨。允雨，壬辰祉雨。 （4）……丁酉雨。
合集	39680（《英藏》126）		（3）甲午卜，亘，貞：翌乙未其雨。 （4）甲午卜，亘，貞：翌乙未不雨。
合集	39872+《英藏》1002【《合補》1763】		（1）〔癸〕酉卜，㱿，〔貞〕：翌甲戌〔不〕雨。
合集	39877（《英藏》574）		（2）貞：翌癸卯其雨。
合集	39895 正（《英藏》588 正）		（2）翌庚子其雨。

合集	40233		（1）癸未卜，翌甲申□雨。 （2）乙酉雨。
合集	40234 正		貞：翌〔乙〕亥雨。
合集	40236		（2）壬寅卜，翌癸雨。
合集	40256（《英藏》999）		壬戌卜，呂，翌乙丑不雨。
合集	40257 正（《英藏》1000 正）		翌戊辰不雨。
合集	40261		（1）貞：〔翌〕辛□不雨。
合集	16297+39895+40264（《英藏》1005）【《甲拼》270】		（2）雨至。貞：今夕亡𡆥。 （4）翌庚子不雨。 （6）翌庚子其雨。
合集	40391（《英藏》1139）		□翌乙卯帝其令雨。
合集	40865（《合補》6858、《懷特》1496）		（2）戊子卜，余，雨不。庚大敀。 （4）𡧊。貞……卜曰：翌庚寅其雨。余曰：己其雨。不雨。庚大敀。
英藏	02075（《合集》41103）		（1）壬申卜，貞：翌癸酉不雨。 （3）今夕其雨。
合補	3174 正		貞：翌□卯不雨。
合補	3634（《合補》336）		貞：翌丁未不雨。
合補	3639		癸……翌乙亥雨。
合補	3655		（2）貞：翌丁亥其雨。
合補	3657【《醉》284】		（1）翌庚寅其雨。 （2）翌庚寅不雨。 （4）翌辛卯不雨。

			（5）翌壬辰雨。 （6）翌〔壬〕辰不雨。 （7）翌癸巳其雨。 （8）翌癸巳不雨。
合補	3659（《天理》119）		（1）己卯卜，貞：翌庚〔辰〕不〔雨〕。 （2）〔辛巳〕卜，〔貞〕：翌壬〔午〕其雨。
合補	3677		（1）……翌乙□其雨。
合補	3824		□□〔卜〕……翌壬寅雨。
合補	3839		翌□卯雨。
合補	3886		貞：〔翌〕丁酉雨。
合補	7447		……〔翌〕甲寅不雨。
屯南	0039		（1）不〔雨〕。 （2）不雨。 （3）其雨。 （4）翌日辛不雨。 （5）辛其雨。 （6）壬，王其田敝，不雨。引吉 （7）壬其雨。吉 （8）……雨。茲卬。
屯南	0062		（1）翌日□不雨。 （2）其雨。
屯南	0208		（1）翌日辛不雨。 （2）其雨。 （3）翌日辛不雨。

			（4）其雨。 （5）今夕雨。
屯南	2441		（1）不雨。 （2）其雨。 （3）翌辛其雨。
屯南	2663		（1）貞：翌□亥雨。 （2）不其雨。 （3）□□卜，㱿，〔貞〕：翌癸□雨。
屯南	2779		（1）貞：〔翌〕□酉〔雨〕。 （2）貞：翌己未雨。 （3）貞：翌己未不其雨。 （4）貞：翌己未其雨。
屯南	4513+4518		（2）戊寅卜，于癸舞，雨不。三月。 （4）乙酉卜，于丙𠷎岳，从。用。不雨。 （5）乙未卜，其雨丁不。四月。 （6）乙未卜，翌丁不其雨。允不。 （10）辛丑卜，𠷎𤰇，从。甲辰陷，小雨。四月。
中科院	517		貞：翌丁亥帝其令雨。
北大	1494		（1）……雨。 （2）□□卜，翌己□雨。
英藏	01001		□卯卜，翌□辰雨。
英藏	01003		（1）癸未卜，翌甲申雨。 （2）乙酉雨。 （3）……庚申雨。

英藏	01004		（1）甲寅卜，韋，貞：翌乙卯不雨。
英藏	01006		（1）貞：翌乙巳不雨。
英藏	01007		（2）貞：〔翌〕乙巳不雨。
英藏	01008		貞：翌庚戌不雨。
英藏	01009		〔貞〕：翌〔癸〕未其雨。
英藏	01010		……〔翌〕□寅其雨。
英藏	02074		〔甲辰〕卜，旅，〔貞〕：翌乙巳日不雨。
旅順	652	塗朱	〔貞〕：翌乙酉其雨。
旅順	654+《輯佚》67+《北圖》4931〔註5〕	填墨	（1）己巳卜，㕣，貞：翌庚午雨。 （2）己巳卜，㕣，貞：翌辛〔未〕雨。
懷特	206		貞：翌戊辰雨。
蘇德美日	《德》168		（1）〔辛〕卯〔卜〕，內，翌壬辰雨。
蘇德美日	《德》169		己丑卜，翌辛卯雨。
蘇德美日	《美》01		（1）乙丑，貞：于庚翌，雨。 （2）乙丑，貞：雨。曰：戊寅。旬四日，其雨小。十二月。

（二）翌・雨

著　錄	編號／【綴合】／（重見）	備　註	卜　辭
合集	12367+《乙》5136+《乙》5195【《醉》366】		（1）翌雨。 （2）翌不雨。

〔註5〕參見宋鎮豪、郭富純主編：《旅順博物館所藏甲骨》下冊，頁42。

合集	23815+24333【《綴彙》495】		（6）乙丑……曰貞：今日……于翌不雨。 （7）貞：其祉雨。 （8）乙丑祉雨，至于丙寅雨，桊。

（三）翌日・雨

著　錄	編號／【綴合】／（重見）	備　註	卜　辭
合集	20903		（1）乙亥卜，今日雨不，三月。 （2）己亥〔卜〕，翌日丙雨。 （3）□卯卜……雨。 （4）……翌日允雨不。
合集	20976		壬戌卜，允……[illegible]。翌日雨，癸雨。〔註 6〕
合集	21013		（2）丙子隹大風，允雨自北，以風。隹戊雨。戊寅不雨。[illegible]曰：祉雨，〔小〕采[illegible]，兮日陰，不〔雨〕。庚戌雨陰祉。□月。 （3）丁未卜，翌日昃雨，小采雨，東。
合集	23155		（6）辛卯卜，行，貞：翌日不雨。 （7）其雨。
合集	28658		（1）叀田省，冓大〔雨〕。 （2）〔翌〕日乙雨。
合集	29107		（2）翌日戊雨。吉 （3）不雨。大吉
合集	29769		（1）翌日其雨。大吉

〔註 6〕「[illegible]」字李學勤釋為郊。參見李學勤：〈釋“郊”〉，《文史》，第 36 輯，（1992 年）

合集	29770	「日」、「戊」、「雨」有缺刻	翌日戊雨，入。
合集	29964		（1）翌日辛雨。 （2）不雨。 （3）壬雨。
合集	29966		甲寅卜，鼻，貞：翌日乙雨。
合集	29892		（1）翌日辛〔亥〕其雨。吉 （2）不〔雨〕。吉　大吉
合集	29913		（2）今日癸其雨。 （3）翌日甲不雨。 （4）甲其雨。 （5）茲小雨。吉
合集	29962		翌日辛不雨。
合集	29994		（2）翌日戊又雨。 （3）于己大雨。 （4）〔今〕至己亡大雨。
合集	30004		（1）〔今〕日至翌日亡雨。
合集	30040		（1）不雨。 （2）其雨。 （3）叀翌日戊又大雨。 （4）叀辛又大雨。
合集	30105		（1）丁亥卜，翌日冓雨。 （2）其冓〔雨〕。
合集	30565		□□〔卜〕，宁，〔貞〕……翌日不雨。

合集	31035+《合補》9465+《合補》9211【《甲拼續》419】		（3）今夕雨。 （4）翌日雨。
合集	33511		（1）翌日戊不雨。 （2）其雨。 （4）……日雨。
合集	33824		（1）翌日雨。 （2）不雨。
合集	38116+38147【《綴續》432】		（1）其雨。茲卬。 （2）翌日戊不雨。茲卬。 （3）其雨。 （4）乙卯卜，貞：今日不雨。 （5）其雨。 （6）今日不雨。 （7）其雨。
合集	38135		（1）戊午卜，貞：翌日戊湄日不雨。 （2）其雨。
合集	41393		（1）丁丑卜，貞：今……于翌〔日〕雨。 （2）貞……雨。
合集	41395		翌日戊不雨。
合集	41399		〔翌〕日辛不雨。
合集	41599（《史語所》29）		（1）丁亥卜，翌日戊不雨。 （2）雨。
合補	9520（《天理》548）		（1）翌日庚㞢大雨。

合補	9723（《懷特》1400）		（3）翌日乙不雨。
屯南	0624		（1）辛亥卜，翌日壬，旦至食日不〔雨〕。大吉 （2）壬旦至食日其雨。吉 （3）食日至中日不雨。吉 （4）食日至中日其雨。 （5）中日至𩫖兮不雨。吉 （6）中日至𩫖〔兮其雨〕。
屯南	2290		（3）庚申卜，翌日辛雨。 （4）不雨。
屯南	2358		（1）丁酉卜，王其𢆶田，不冓雨。大吉。茲允不雨。 （2）弜𢆶田，其冓雨。 （3）其雨，王不雨[illegible]。吉 （4）其雨[illegible]。吉 （8）辛多雨。 （9）不多雨。 （10）壬多雨。 （11）不多雨。 （12）翌日壬雨。 （13）不雨。
屯南	2542		（1）丙申卜，翌日丁雨。茲用。不雨。 （2）戊雨。茲用。不雨。
屯南	2713		（1）辛巳卜，翌日壬，不雨。吉 （2）其雨。 （6）不雨。引吉 （7）𢀛，雨。吉

屯南	2838		（2）翌日乙，大史祖丁，又夻自雨，啟。
村中南	037		（1）翌日壬不雨？ （2）癸不雨。
村中南	086〔註 7〕		（3）于辛翌〔日〕壬𩫖〔兮〕不雨？

（四）翌……雨

著 錄	編號／【綴合】／（重見）	備 註	卜 辭
合集	982		癸丑〔卜〕，王，翌□□㞢伐于□□，雨……
合集	4315		□辰卜，翌……𢀛田……攸，陷……雨。
合集	5083		□□卜，〔㕣〕，貞：王往……翌□□雨。
合集	12356		貞：翌乙巳……㞢夻雨。
合集	12395		（2）貞：翌□□不雨。
合集	12558		（1）翌□□雨。 （2）……雨。四月。
合集	12967		貞：翌〔丁〕……雨，隹丁、辛……允雨。丁……亦〔雨〕。
合集	13461		翌……雨，□〔夕〕陰。
合集	13878		（1）□丑卜，□，貞：其……今翌……雨。
合集	20924		（1）壬午卜，自今日至甲申日其雨。一月。 （2）庚……翌……雨。四月。
合集	24671		〔丙〕申卜，王，〔貞：翌〕丁酉不……□酉允不雨。

〔註 7〕釋文據朱歧祥：《釋古疑今——甲骨文、金文、陶文、簡文存疑論叢》第十六章　殷墟小屯村中村南甲骨釋文補正，頁 316。

合集	24685		(1)〔丁〕□卜，尹，〔貞〕：翌戊……王其……雨。 (2) 丙寅〔卜〕，□，貞：翌……不〔雨〕。
合集	24886（《合集》26042）		□□卜，喜，〔貞：翌〕辛亥……旬衣……莤雨。
合集	24903		(1) 丙〔戌卜〕，出，〔貞：翌〕丁亥……雨。允雨。
合集	25511		(4) □□〔卜〕，行，〔貞〕：翌乙巳……雨。
合集	27706（《合集》41394）		□□卜，口，〔貞〕……卯翌日……莤〔雨〕。五月。
合集	28050		(1) 翌日辛……喪……戌，不雨。
合集	29134		(1) 甲寅卜，翌日乙王其……茲用。不雨。
合集	29863		(1) 翌日……湄日……雨。 (2) 其雨。吉
合集	29869		(2) ……翌……〔雨〕，莤……
合集	29963		丁卯卜，□，貞：翌日□雨。
合集	29965+28615【《綴續》463】		□辰卜，翌……雨。
合集	30117		□□〔卜〕，何，貞：翌……王不莤雨。
合集	33776		(1) ……翌……□其雨。 (2) ……雨。 (3) ……雨。
合集	38172		□□〔卜〕，貞：翌日戊王……不遘大雨。
合集	38198+《珠》442【《甲拼三》744】		(1) 丁亥〔卜〕，貞……不遘……雨…… (2) 庚寅〔卜〕，貞……雨…… (3) 辛卯〔卜〕，〔貞〕：今日王其〔田〕，不遘〔雨〕。 (4) ……遘……雨……。〔茲〕卬。 (5) □□卜，貞：今夕……翌日……霎……雨。

			（6）戊戌卜，貞：今日霎。 （7）辛丑卜，貞：今日霎。
合集	40254		翌□□其雨。
合集	41308（《英藏》2336）		（1）于翌日旦……大雨。 （2）律伐又大雨。
合補	3208 正		□卯〔卜〕，貞：翌……〔不雨〕。
合補	3229 正		貞：翌……不其雨。
合補	3638		……翌……未……雨。
合補	3729		……翌……不雨。
合補	3743		翌……不……雨。
合補	7452		癸卯卜，□，貞：翌□□不雨。
合補	7465		……翌□午……雨。
屯南	2845		（1）丙戌，貞：翌……王步，易日……
東大	66		……翌以……不雨。
英藏	00943		……翌……〔雨〕……
英藏	02077		（1）□戌卜，□，〔貞〕：翌□亥……雨。
懷特	187		……卯雨……翌丁……不其〔雨〕。
懷特	230		……翌辛……雨。
懷特	237		（1）翌……辰……雨。

（五）翌·行動·雨

著　錄	編號／【綴合】／（重見）	備　註	卜　辭
合集	1007		翌乙□，伐，其雨。
合集	5393		（1）丙戌卜，爭，貞：翌丁亥王其益〔𦥑〕，易〔日〕，不〔雨〕。 （2）雨。
合集	6037 正		（1）貞：翌庚申我伐，易日。庚申明陰，王來金首，雨小。 （3）……雨。 （4）翌乙〔丑〕不其雨。
合集	6037 反		（1）翌庚其明雨。 （2）不其明雨。 （3）〔王〕固曰：易日，其明雨，不其夕〔雨〕小。 （4）王固曰：其雨。乙丑夕雨小，丙寅喪，雨多，丁……
合集	7897+14591【《契》195】		（1）癸亥卜，爭，貞：翌辛未王其彡河，不雨。 （3）乙亥〔卜，爭〕，貞：其〔奏〕𦥑，衣，〔至〕于亘，不冓雨。十一月。才甫魚。 （4）貞：今日其雨。十一月。才甫魚。
合集	11484 正+《乙》3349+《乙》3879【《契》382】		（1）□丑卜，穷，貞：翌乙□彡黍𡇒于祖乙。王固曰：㞢希……不其雨。六日□午夕，月㞢食，乙未彡，多工率𡆥𦥑。
合集	12570		（1）丙寅卜，充，貞：翌丁卯王其交，不〔冓〕雨。 （2）貞：其冓雨。五月。
合集	12595		（1）貞：〔于〕翌乙丑□介□己，其冓雨。 （2）乙丑…… （3）……其雨。七月。

合集	12681		(1)〔庚〕午卜，貞：〔翌〕辛未□其彡，㞢从雨。
合集	12937		(2)……翌其彡于〔祖〕……之日允雨。
合集	12969		乙未〔卜〕，翌丙〔申〕步，不易日。丙〔申〕允雨。
合集	13399 正		己亥卜，永，貞：翌庚子彡……王固曰：茲隹庚雨卜。之〔夕〕雨，庚子彡三嗇云，蠢〔其〕……既祝，攺。
合集	14591		(1) 癸亥卜，爭，貞：翌辛未王其彡河，不雨。 (3) 貞：今日其雨。十月。才甫魚。
合集	14638 正		(1) 貞：翌甲戌河其令〔雨〕。 (2) 貞：翌甲戌河不令雨。
合集	14755 正		(3) 貞：翌丁卯奉舞，㞢雨。 (4) 翌丁卯勿，亡其雨。 (9) 貞：㞢从雨。
合集	22751		(2) 甲子，王卜曰：翌乙丑其彡翌于唐，不雨。
合集	24501		(1) 丁丑卜，〔王〕曰，貞：翌戊〔寅〕其田，亡災。往，不冓雨。
合集	27041		(1) 甲戌卜，翌日乙王其尋盧白濼，不雨。
合集	27948		(1) 庚午卜，貞：翌日辛王其田，馬其先，单，不雨。
合集	28021		(2) 于翌日壬歸，又大雨。 (3) 甲子卜，亞𢦏耳龍，每。啟，其啟。弗每，又雨。
合集	28519		翌日乙王其田，湄日亡〔𢦏〕，不雨。
合集	28522		(1) 翌日乙王其田，湄日不〔雨〕。
合集	28537		(1)〔翌〕日戊王其田，不冓雨。

合集	28543+《英藏》2342【《甲拼》176】		（1）不蕭小雨。 （2）其雨。 （3）丁巳卜，翌日戊王其田，不蕭大雨。 （4）其蕭大雨。 （5）不蕭小雨。
合集	28547+28973【《甲拼》224】		（2）不遘小雨。 （3）翌日壬王□省喪田，𣏟不遘大雨。 （4）其暮不遘大雨。
合集	28628（《歷博》195）		（1）方𡆥，叀庚酌，又大雨。大吉 （2）叀辛酌，又大雨。吉 （3）翌日辛，王其省田，𢦏入，不雨。茲用　吉 （4）夕入，不雨。 （5）□日，入省田，湄日不雨。
合集	29172		（1）翌日戊王其〔田〕，湄日不雨。 （2）叀宮田省，湄日亡災，不雨。
合集	29263		（1）貞：翌日〔王〕其田宰，湄日不雨。
合集	29327		（2）翌日戊王其田，湄日不雨。 （3）弜田，其雨。
合集	29335		（3）翌日辛王其田，不蕭雨。
合集	29685		（1）今日乙〔王〕其田，湄〔日〕不雨。大吉 （2）其雨。吉 （3）翌日戊王其省宰，又工，湄日不雨。吉 （4）其雨。吉 （5）今夕不雨。吉 （6）今夕其雨。吉 （7）□日丁□雨。

合集	29787+29799【《合補》9553】		（1）翌日壬王其田，雨。 （2）不雨。 （3）中日雨。 （4）章兮雨。
合集	30039		（1）于翌日戊彰，又大雨。
合集	30041		于翌日丙舞，又大雨。吉　吉
合集	30043		（1）翌日壬歸，又大雨。
合集	30142+28919【《甲拼三》685】		（1）庚午卜，翌日辛亥其乍，不遘大雨。吉 （2）其遘大雨。 （8）不雨。
合集	31199		（1）翌日庚其柬乃霾、𡚧，至來庚又大雨。 （2）翌日庚其柬乃霾、𡚧，至來庚亡大雨。 （3）來庚剝柬乃霾，亡大雨。
合集	36981		（1）……桒年于示壬，叀翌日壬子彰，又大雨。 （2）……〔桒〕年示壬，叀……牛用，又大雨。
合集	38177		（1）丙子卜，貞：翌日丁丑王其還旅，征过，不遘大雨。茲卬。
合集	38178		（1）甲辰卜，貞：翌日乙王其室，宜于章，衣，不遘雨。 （2）其遘雨。 （3）辛巳卜，貞：今日不雨。
合集	40939（《英藏》1933）		（1）丙子卜，〔行〕，貞：翌丁亥翌大丁不冓雨。才三月。 （2）貞：其雨。才三月。 （3）□□卜，行，〔貞〕……乙亥……大丁不〔冓雨〕……〔才〕三月。

合補	7517		（1）甲戌〔卜〕，翌乙亥凡勿……歲，不雨。
屯南	0008		（1）〔馬〕☐先，王☐每，〔雨〕。 （2）馬叀翌日丁先。戊，王兌比，不雨。 （3）馬弜先，王其每，雨。
屯南	0256		（3）丁丑卜，翌日戊，〔王〕異其田，弗每，亡𢦏，不雨。
屯南	0272		（2）翌日乙，王其省田，湄日不冓雨。 （3）其冓雨。
屯南	0637		庚寅卜，翌日辛王兌省魚，不冓雨。吉
屯南	1306		……翌日辛，王其田，不冓〔雨〕。
屯南	2087		（2）翌日戊，〔王〕其田，湄日不冓雨。 （3）其冓雨。
屯南	2562		（4）……翌日戊……彡，又大〔雨〕。
屯南	2618		（1）丁酉卜，翌日王叀犬㠯比，弗每，亡𢦏，不冓雨。大吉 （2）……以……〔㠯〕比……〔不〕冓雨。吉
村中南	350		（1）己酉卜：烄姘。二月。庚用。之夕雨。 （2）叀翌庚烄姘。之夕雨。 （3）庚戌卜：戠勿烄。二告。用。 （4）丙辰卜：雨？今日☐。

（六）翌・干支・氣象詞・雨

著　錄	編號／【綴合】／（重見）	備　註	卜　辭
合集	11483 正		（1）〔癸未〕卜，爭，貞：翌〔甲〕申易日。之夕月㞢食，甲陰，不雨。

合集	13225+39588【《契》191】		(3)癸酉卜，吕，貞：翌乙亥易日。乙亥宜于水，風，之夕雨。
合集	30203		(1)今日乙𠦪攺，不雨。 (2)于翌日丙攺，不雨。 (3)不攺，不雨。
合集	30205		(1)翌日戊啓，不〔雨〕。 (2)不啓，其雨。
屯南	0590		丙申卜，父丁翌日，又攺。雨。

四、旬——雨

(一)今旬·雨

著　錄	編號／【綴合】／(重見)	備　註	卜　辭
合集	1106 正(《乙》6479 綴合位置錯誤)+12063 正+《乙補》5337+《乙補》5719【《醉》198】		(2)貞：今乙卯不其雨。 (3)貞：今乙卯允其雨。 (4)貞：今乙卯不其雨。 (5)貞：自今旬雨。 (6)貞：今日其雨。 (7)今日不〔雨〕。
合集	1106 反(《乙》6480 綴合位置錯誤)+12063 反+《乙》6048+《乙補》5720【《醉》198】		(2)王〔固曰〕：其雨。 (3)〔王〕固曰……雨小，于丙□多。 (4)乙卯舞㞢雨。
合集	12480(《旅順》70)		〔戊〕□〔卜〕，㱿，貞：自今旬雨。
合集	12481 正(《旅順》648 正)	填墨	……〔自〕今旬雨，己酉〔雨〕。
合集	12482		(1)辛亥卜，自今旬……壬子雨。七〔日〕丁巳允〔雨〕。

合集	12483		……今旬雨。
合集	12484		（2）己亥卜，今旬雨。
合集	12485		……今旬其雨。
合集	12486		（2）癸酉卜，自今旬不其雨。
合集	12536		己酉，自今旬雨。三月，辛亥雨。
合集	29733		今旬五□雨。
合補	3754（《懷特》204）		（2）今夕雨。 （3）不其雨。二月。 （5）今夕雨。 （6）不其雨。二月。 （7）貞……夕其雨。 （8）……不其雨……月。 （9）己酉卜，自今五日雨。 （10）貞：不雨。 （11）貞：不雨。 （12）己酉卜，貞：自今旬雨。

（二）旬・日數・雨

著　錄	編號／【綴合】／（重見）	備　註	卜　辭
合集	903 正		（3）乙卯卜，㱿，貞：來乙亥酢下乙十伐㞢五，卯十宰。二旬㞢一日乙亥不酢，雨。五月。
合集	10976 正		（7）辛未卜，爭，貞：生八月帝令多雨。 （8）貞：生八月帝不其令多雨。 （12）丁酉雨至于甲寅旬㞢八日。〔九〕月。

合集	11832+《乙》84+21309【《綴彙》581】		癸酉卜，貞：旬六日戊寅雨，己雨。至壬陰。
合集	20966		（1）癸酉卜，王〔貞〕：旬四日丙子雨自北。丁雨，二日陰，庚辰……一月。 （2）癸巳卜，王，旬四日丙申昃雨自東，小采既，丁酉少，至東雨，允。二月。 （3）癸丑卜，王，貞：旬八〔日〕庚申寎人雨自西小，㚇既，五月。 （7）□□〔卜〕，王……告……比……〔雨〕……小。
合集	21000		（1）乙丑，貞：雨。曰戊寅。旬四日，其雨。十二月。 （2）乙丑，貞：庚翌雨。
合集	21081		戊〔戌卜〕，王，貞：生十一月帝雨。二旬㞢六日……
合集	29976		（3）旬雨。
合集	39545（《英藏》13）		（2）〔自〕今至于辛亥雨。 （3）……旬雨。己酉雨。
合集	40253（《英藏》1038）		貞：茲旬其雨。
花東	183		（11）癸卜，不及旬日雨。〔註8〕
蘇德美日	《美》01		（1）乙丑，貞：于庚翌，雨。 （2）乙丑，貞：雨。曰：戊寅。旬四日，其雨小。十二月。

〔註8〕「及」字原形作「[illegible]」，原考釋釋為「采」，《校釋總集》隸定為「𥝩」，姚萱釋為「及」，其意為「到」。參見姚萱：《殷墟花園莊東地甲骨卜辭的初步研究》（北京：線裝書局，2006年），頁115～119。

（三）旬・干支・雨

著　錄	編號／【綴合】／（重見）	備　註	卜　辭
合集	6928 正		（7）乙酉暈，旬癸〔巳〕𡆥，甲午〔雨〕。
合集	13361		（2）癸丑卜，貞：旬甲寅雨。四月。 （4）癸酉……旬……雨。四月。
合集	14138		（1）戊子卜，㱿，貞：帝及四月令雨。 （2）貞：帝弗其及四月令雨。 （3）王固曰：丁雨，不叀辛。旬丁酉允雨。
合集	20922		癸卯，貞：旬甲辰雨，乙巳陰，丙午弗𢼸。

（四）旬・雨・月／旬・月・雨

著　錄	編號／【綴合】／（重見）	備　註	卜　辭
合集	13361		（2）癸丑卜，貞：旬甲寅雨。四月。 （4）癸酉……旬……雨。四月。
合集	20945（《史語所》9）		□卯卜，王……旬。五月……卩，大雨。
合集	20964+21310+21025+20986【《合補》6862、《甲拼》21《綴彙》165】		（1）癸卯卜，貞：旬。四月乙巳㬰雨。 （3）癸丑卜，貞：旬。五月庚申寐人雨自西。夕既。 （4）辛亥𠂤雨自東，小……
合集	21016		（2）癸亥卜，貞：旬。二月。乙丑夕雨。丁卯明雨。戊小采日雨，止〔風〕。己明啟。
合集	21021		（1）癸未卜，貞：旬。甲申陷人，雨。□□雨。十二月。 （2）癸丑卜，貞：旬。〔甲寅大〕食雨〔自北〕。乙卯小食大啟。丙辰中日大雨自南。

			(3)〔丁巳〕卜，今日方其征，不征。征。雨自西北少。 (4)癸亥卜，貞：旬。一月。昃雨自東。九日辛丑大采，各云自北，雷，征大風自西，刜云率〔雨〕，母譱日…… (5)癸酉卜，貞：旬。二月。 (6)癸巳卜，貞：旬。二月。之日子羌女老，征雨少。 (7)……大采日，各云自北，雷，風，〔幺〕雨不征，隹好……
合集	24872（《北大》1604）		(2)辛丑卜，即，貞：茲旬叀雨。十月。

（五）旬亡囚・雨

著　錄	編號／【綴合】／（重見）	備　註	卜　辭
合集	3756		(1)□□〔卜〕，爭、𡆥，貞：旬亡囚。壬辰雨。 (2)□□〔卜〕，〔爭〕、𡆥，貞：旬亡囚。丁未雨，己酉……
合集	12629		(1)癸亥卜，㱿，貞：旬亡囚。己巳雨。十一月。 (3)癸□，〔貞〕……𡧊……〔亡〕囚。丙申雨。
合集	12715		(1)癸未卜，㱿，貞：旬亡囚。丁亥雨。 (2)癸未〔卜〕，〔㱿〕，〔貞〕：旬亡囚。庚〔寅〕雨。 (3)癸巳卜，㱿，貞：旬亡囚。丁酉雨。己雨。庚亦雨。
合集	12901		癸巳卜，㱿，貞：旬亡囚。丁酉雨。
合集	12902		……旬亡囚。丁卯雨，庚午……
合集	13377+18792+18795+《合補》2294 【《甲拼續》458、《綴彙》335】		(1)癸……旬亡〔囚〕……㞢七日𪓐己卯〔大〕采日大𩵦風，雨。豪伐。五〔月〕。
合集	16920		(3)癸酉〔卜〕，貞：旬〔亡〕囚。丁□雨……壬……
合集	17273		(5)癸未卜，㱿，貞：旬亡囚。丁亥雨。

合集	18792（《合補》3486）		（1）癸□卜，史，貞：旬亡囚……㞢……龕。丮卯……日大雨。
英藏	01015		〔癸〕酉卜，□，貞：旬亡囚。甲戌雨。
北大	1606		……亡又旬，申亡雨。

（六）其他

著　錄	編號／【綴合】／（重見）	備　註	卜　辭
合集	20962		癸亥，貞：旬甲子方又祝，才邑南。乙丑闌，昃雨自北，丙寅大……
合集	24886（《合集》26042）		□□卜，喜，〔貞：翌〕辛亥……旬衣……菁雨。

五、月——雨

（一）一月——雨

著　錄	編號／【綴合】／（重見）	備　註	卜　辭
合集	6887		（5）……囚。己巳雨。一月。
合集	12001 正（《中科院》1153 正）		（1）甲午卜，貞：今日雨。 （2）□午卜，貞：〔不〕其雨。〔一〕月。〔註 9〕
合集	12158（《旅順》658）	填墨	……雨。一月。
合集	12209		貞：今夕不雨。一月。
合集	12487 正		（1）癸巳卜，爭，貞：今一月不其雨。 （2）癸巳卜，爭，貞：今一月雨。王固曰：丙雨。旬壬寅雨，甲辰亦雨。

〔註 9〕月份應為「一月」，拓本不清，據《中科院》照片補。

合集	12487 反		（1）己酉雨，辛亥亦雨。
合集	12488 甲		（1）火，今一〔月〕不其雨。 （2）……不其雨。
合集	12488 乙		（2）己巳卜，爭，火，今一月其雨。 （3）火，今一月其雨。
合集	12489		〔貞〕：今一月〔雨〕。
合集	12490		（1）乙酉卜，〔爭〕，貞：今日其雨。一月。
合集	12491		貞：雨。一月。
合集	12493		……雨。一月。
合集	12494（《中科院》55）		……雨。一月。
合集	12495 正		（1）□□卜，□，貞：今□□雨。 （2）今一月雨。 （3）今一月雨。
合集	12496		（1）□□卜，今一月多雨。辛巳〔雨〕。
合集	12497		不其雨。一月。
合集	12498		□夕雨。一月。
合集	12499		（1）丁丑〔卜〕，□，貞：今夕不雨。一月。
合集	12500		（1）己酉卜，穷，貞：今日王其步□見，雨，亡災。一月。才□。
合集	12501		貞：生一月不其多〔雨〕。
合集	12820		（1）辛未卜，貞：自今至乙亥雨。一月。 （2）乙未卜，今夕桒舞，㞢从雨。

合集	12946		……雨。之夕允雨。一月。
合集	13034+14295+3814+《乙》4872+13485+《乙》5012【《醉》73】		（1）辛亥，內，貞：今一月帝令雨。四日甲寅夕𡆥（嚮）乙卯，帝允令雨。 （2）辛亥卜，內，貞：今一月帝不其令雨。
合集	14132 正		貞：今一月帝令〔雨〕。
合集	20918		（1）癸卜，于畐，甲午雨。 （2）甲午卜，乙未雨。一月。
合集	20924		（1）壬午卜，自今日至甲申日其雨。一月。 （2）庚……翌……雨。四月。
合集	21021		（1）癸未卜，貞：旬。甲申陷人，雨。□□雨。十二月。 （2）癸丑卜，貞：旬。〔甲寅大〕食雨〔自北〕。乙卯小食大啟。丙辰中日大雨自南。 （3）〔丁巳〕卜，今日方其征，不征。征。雨自西北少。 （4）癸亥卜，貞：旬。一月。昃雨自東。九日辛丑大采，各云自北，雷，征大風自西，刜云率〔雨〕，母譱日…… （5）癸酉卜，貞：旬。二月。 （6）癸巳卜，貞：旬。二月。之日子羌女老，征雨少。 （7）……大采日，各云自北，雷，風，〔幺〕雨不征，隹好……
合集	24882		（1）甲午卜，□，貞：翌乙〔未〕不冓雨。 （2）貞：其冓雨。一月。
合集	29933		貞：今夕雨。一月。
合集	30078		甲子卜，何，貞：王冓雨。一月。
合集	《英藏》1071（H40304）	塗朱	（1）□巳亦雨……一月。 （3）……咸……雨。

北大	1485		今日雨。一月。
英藏	00921+01037		(3)〔丙申卜〕，爭，菁。允亡菁。之日雨。一月。〔註10〕
愛米塔什	127（《劉》087）		……貞：〔今〕□不雨。一〔月〕。
合集	24687		(1) 貞：其雨。才正月。 (2)〔貞〕：其雨。〔才〕𠂤褮〔卜〕。

（二）二月——雨

著　錄	編號／【綴合】／（重見）	備　註	卜　辭
合集	94 正		(3) 壬寅卜，穷，貞：若茲不雨，帝隹茲邑龍，不若，二月。
合集	738 正		(1) 壬申卜，爭，貞：雨。二月。 (2) 貞：不其雨。
合集	10199 正		(1) 己巳卜，𡆥，貞：今二月雨。
合集	11553+《乙補》6782【《醉》93】		(1) ……今二月帝不其令〔雨〕。
合集	12502 正		貞：甲寅雨。二月。
合集	12503		貞：翌戊寅雨。二月。
合集	12504		貞：其雨。二月。
合集	12505		貞：𡧊雨。二月。
合集	12506 正		今二月。雨。
合集	12507		貞：今二月不其雨。
合集	12508（《旅順》174）		(1) 丁未卜，吕，貞：及今二月〔雨〕。王固曰：吉。其…… (3) ……雨。

〔註10〕缺文據《庫》510 補。

合集	12509		（2）辛酉卜，今二月雨。七日戊辰雨。
合集	12510		貞：弗其及今二月雨。
合集	12511 正		（1）己丑卜，𡆥，貞：翌庚寅不雨。 （2）丙申卜，亘，貞：今二月多雨。王固曰：其隹丙……
合集	12513		（1）其雨。 （2）不其雨。二月。
合集	12514		……□戌允雨。二月。
合集	12515+14508 正【《甲拼》144】		□□卜，㱿，〔貞〕：岳〔肇〕我雨。二月。
合集	12516		……〔其〕雨。二月。
合集	12517		（1）翌丁亥其雨。二月。 （2）翌丁亥不〔雨〕。允不〔雨〕。
合集	12518		（1）貞：叀……雨〔舞〕……二月。
合集	12519		貞：之□雨。二月。
合集	12520		……今〔雨〕。二月。
合集	12521		（1）今夕雨。二月。
合集	12522 正		（1）貞：亡其从雨。二月。
合集	12523		（1）貞：不雨。才白。二月。
合集	12524		（1）□酉卜，不雨。二月。
合集	12525		（1）貞：不〔其〕雨。二月。 （2）貞：不其〔雨〕。
合集	12526		……弗雨。二月。
合集	12862		（1）庚辰卜，穷，貞：希雨，我〔其㝵〕。二月。 （2）〔貞〕：希雨，我弗其㝵。

合集	12864（《旅順》417）	填墨	（1）甲子卜，穷，貞：于岳𢆶雨娥。二月。〔註11〕
合集	13021（《合集》20546）		（2）□巳卜，王，壬申不羞雨。二月。
合集	14134		……今二月帝〔不〕令雨。
合集	14135 正		（1）貞：今二月帝不其令雨。
合集	20968		丙戌卜……日彭𠦪……牛……昃用……北往……雨，之夕……亦雨。二月。
合集	21016		（2）癸亥卜，貞：旬。二月。乙丑夕雨。丁卯明雨。戊小采日雨，止〔風〕。己明啟。
合集	21021		（1）癸未卜，貞：旬。甲申陷人，雨。□□雨。十二月。 （2）癸丑卜，貞：旬。〔甲寅大〕食雨〔自北〕。乙卯小食大啟。丙辰中日大雨自南。 （3）〔丁巳〕卜，今日方其征，不征。征。雨自西北少。 （4）癸亥卜，貞：旬。一月。昃雨自東。九日辛丑大采，各云自北，雷，征大風自西，刜云率〔雨〕，母羞日…… （5）癸酉卜，貞：旬。二月。 （6）癸巳卜，貞：旬。二月。之日子羌女老，征雨少。 （7）……大采日，各云自北，雷，風，〔幺〕雨不征，隹好……
合集	24732		（1）乙巳卜，出，貞：今日雨。二月。 （2）庚□卜，□，貞……雨。

〔註11〕「二月」據《旅順》補。「求雨娥」裘錫圭讀如「求雨宜」，謂求雨水之祭。參見裘錫圭：〈釋"求"〉，《裘錫圭學術文集．甲骨文卷》，原載於《古文字研究》第十五輯（北京：中華書局，1986 年）、《古文字論輯》（北京：中華書局，1992 年），後收於裘錫圭：《裘錫圭學術文集》（上海：復旦大學，2012 年）

合集	24773		（1）丁未卜，王，貞：今夕雨。吉，告。之夕允雨，至于戊申雨。才二月。
合集	24778（《合集》29950）		（1）庚午〔卜〕，貞：今夕雨。 （2）貞：不雨。才二月。
合集	24868		乙酉卜，大，貞：及茲二月㞢大雨。
合集	24902		（1）□□卜，〔貞〕……茲雨……水。二月。
合集	33890（《中科院》1549）		（1）□□，貞：不其〔雨〕。 （2）乙卯〔卜〕，貞：今日雨。二月。 （3）……〔不〕雨。〔註12〕
合補	3533		（1）貞：不其〔雨〕。 （2）乙卯卜，貞：今日雨。二月。 （3）不雨。
合補	3754（《懷特》204）		（2）今夕雨。 （3）不其雨。二月。 （5）今夕雨。 （6）不其雨。二月。 （7）貞……夕其雨。 （8）……不其雨……月。 （9）己酉卜，自今五日雨。 （10）貞：不雨。 （11）貞：不雨。 （12）己酉卜，貞：自今旬雨。

〔註12〕（3）辭「雨」左側，為「不」之殘筆，《合集》釋為「未」，據《中科院》照片改訂。

合補	3812		……雨不……二月。
合補	6940（《懷特》1607）		（3）其雨不。二月。
合補	7376（《懷特》1091）		乙未卜，大，貞：今日又……雨。二月。
合補	7398		……貞……其夕……雨。二月。
合補	7432（《天理》353）		貞：其戠……雨。二月。
中科院	1120		□□卜，專……坐于日……菁雨……二月。〔註13〕
北大	1519		貞：叀雨舞。二月。
史語所	101		貞：不其雨。二月。
村中南	350		（1）己酉卜：烄姘。二月。庚用。之夕雨。 （2）叀翌庚烄姘。之夕雨。 （3）庚戌卜：戠勿烄。二告。用。 （4）丙辰卜：雨？今日▨。
東大	635		……雨。二月。
史語所	98		……一月不雨。

（三）三月——雨

著　錄	編號／【綴合】／（重見）	備　註	卜　辭
合集	6496		（2）丙戌卜，爭，貞：今三月雨。
合集	12047（《旅順》640）	塗朱	（2）丁亥卜，卯，貞：今日其雨。之日允雨。三〔月〕。
合集	12297反		（1）貞：今三月不其雨。
合集	12527		戊子卜，卯，貞：今丁雨。三〔月〕。

〔註13〕「專」應該是貞人。參見《中科院》，頁1139。

合集	12528		（1）貞：大今三月雨。
合集	12529 正		（1）大今三月不其〔雨〕。
合集	12530 正		乙□卜，穷，貞：及今三月雨。王固曰：其雨，隹……
合集	12531		貞：弗其及今三月雨。
合集	12532 正		貞：今……王固曰：𢓊。茲气雨。之日允雨。三月。
合集	12533（《合集》40211）		今夕〔㞢雨〕。之夕允雨，小。三月。
合集	12534		（1）貞：其雨。三月。
合集	12535 正		……其雨。三月。
合集	12536		己酉，自今旬雨。三月，辛亥雨。
合集	12537 正		……令雨。三月。
合集	12538（《旅順》632）	塗朱	貞：今夕不其雨。三月。
合集	12539		（1）庚□卜，〔貞〕：今□雨。 （2）貞：不□雨。三月。
合集	12540（《旅順》659）	填墨	貞：𠂤不以，雨。三月。
合集	12541		今三月不〔雨〕。
合集	12542		……雨。乙丑不雨。三月。
合集	12543		……三月不其多〔雨〕。
合集	12544		……雨。三月。
合集	12545		……亡其雨。三月。
合集	12855（《天理》15、《合補》3487）		（1）□午卜，方帝三豕㞢犬，卯于土宰，桒雨。三月。 （2）庚午卜，桒雨于岳。 （3）……雨……

合集	12910		（1）丁未卜，翌戊雨不。 （2）己酉雨。允雨。 （3）辛……雨。三月。
合集	14136		□□〔卜〕，𠭰，貞：今三月帝令多雨。
合集	14137		……〔三〕月帝……雨。
合集	19771		（4）乙丑卜，王㞢三奚于父乙。三月祉雨。
合集	20398		（2）戊寅卜，于癸舞，雨不。 （3）辛巳卜，取岳，比雨。不比。三月。 （4）乙酉卜，于丙𣓪岳，比。用。不雨。 （7）乙未卜，其雨丁不。四月。 （8）以未卜，翌丁不其雨。允不。 （10）辛丑卜，𣓪𤉲，比。甲辰陷，雨小。四月。
合集	20903		（1）乙亥卜，今日雨不，三月。 （2）己亥〔卜〕，翌日丙雨。 （3）□卯卜……雨。 （4）……翌日允雨不。
合集	20908		（1）戊寅卜，陰，其雨今日[illegible]。〔中〕日允〔雨〕。 （2）乙卯卜，丙辰□余〔食〕妣丙，[illegible]，中日雨。三月。
合集	20942		……丁亥攺，辛卯雨小。六日至己雨。三月。
合集	20946		（1）……弗……□……〔三〕月其雨。 （2）于四月其雨。
合集	22435		（1）丙寅，貞：亡大雨。允。三月。
合集	24688		（1）貞：其雨。三月。 （2）貞：〔不雨〕。

合集	24709		（1）貞：不雨。三月。
合集	24748		（1）甲寅卜，即，貞：今日不雨。三〔月〕。
合集	24765		（1）丙子卜，喜，貞：翌丁丑雨。三月。
合集	24802		（3）戊辰卜，行，貞：今夕不雨。 （4）貞：其雨。才三月。
合集	24920		（1）貞：不其雨。三月。
合集	25254		□卯卜，即，〔貞〕：王室敎，不雨。三月。
合集	29718		□□〔卜〕，何，貞……自日……冓雨。三月。
合集	33831		壬午卜，于癸未雨。三月。
合集	40258 正		貞：自今日至于己丑不雨。三月。
合集	40939（《英藏》1933）		（1）丙子卜，〔行〕，貞：翌丁亥翌大丁不冓雨。才三月。 （2）貞：其雨。才三月。 （3）□□卜，行，〔貞〕……乙亥……大丁不〔冓雨〕……〔才〕三月。
合補	3694		（1）壬申卜，卯，貞：今日其雨。之日允雨。三月。 （2）甲戌卜，卯，貞：今日其雨。三月。
合補	3707		貞：今夕不其雨。三月。
屯南	3586		丁未卜，烄……母庚，又从〔雨〕。三月。
屯南	4513+4518		（2）戊寅卜，于癸舞，雨不。三月。 （4）乙酉卜，于丙桒岳，从。用。不雨。 （5）乙未卜，其雨丁不。四月。 （6）乙未卜，翌丁不其雨。允不。 （10）辛丑卜，桒䙴，从。甲辰陷，小雨。四月。

北大	1513		貞：不雨。三月。
旅順	660		……雨。三月。

（四）四月——雨

著　錄	編號／【綴合】／（重見）	備　註	卜　辭
合集	9608 正		（3）貞：及今四月雨。 （4）弗其及今四月雨。其……
合集	12546 正		（1）丙寅允雨。四月。
合集	12546 反		（1）……允雨。
合集	12547		〔癸〕酉卜，雨。甲戌允雨。四月。
合集	12548		（1）庚辰〔卜〕，貞：今夕□雨。 （2）貞：其雨。四月。
合集	12549		（2）貞：其蕫雨。四月。
合集	12550		貞：其〔蕫〕雨。四〔月〕。
合集	12551		貞：今夕雨。四月。
合集	12552		（3）……今日雨。四月。
合集	12553		今日其雨。四月。
合集	12554		……其雨。四〔月〕。
合集	12555		……雨。四月。
合集	12556		……雨。四月。
合集	12557		……雨。四月。

合集	12558		（1）翌□□雨。 （2）……雨。四月。
合集	12559		（1）……雨。
合集	12560		今夕雨。四月。
合集	12561		（1）……夕雨。四月。
合集	12562（《合集》24854）		……雨。之夕允不雨。四月。
合集	12563		丙寅〔卜〕，不其雨。四月。
合集	12564		不𧯛〔雨〕。四月。
合集	13361		（2）癸丑卜，貞：旬甲寅雨。四月。 （4）癸酉……旬……雨。四月。
合集	14138		（1）戊子卜，㱿，貞：帝及四月令雨。 （2）貞：帝弗其及四月令雨。 （3）王固曰：丁雨，不叀辛。旬丁酉允雨。
合集	20398		（2）戊寅卜，于癸舞，雨不。 （3）辛巳卜，取岳，比雨。不比。三月。 （4）乙酉卜，于丙𡆥岳，比。用。不雨。 （7）乙未卜，其雨丁不。四月。 （8）以未卜，翌丁不其雨。允不。 （10）辛丑卜，𡆥㬥，比。甲辰陷，雨小。四月。
合集	20924		（1）壬午卜，自今日至甲申日其雨。一月。 （2）庚……翌……雨。四月。
合集	20914		乙酉卜，雨。今夕雨，不雨。四月。

合集	20964+21310+21025+20986【《綴彙》165】		（1）癸卯卜，貞：旬。四月乙巳𣿰雨。 （3）癸丑卜，貞：旬。五月庚申寐人雨自西。夗既。 （4）辛亥𢆶雨自東，小……
合集	24398		（3）甲寅卜，王曰：貞：王其步自冎，又夻自雨。才四〔月〕。 （4）貞：不其夻。
合集	24676		……不雨。四月。
合集	24689（《旅順》1574）	填墨	貞：其雨。才四月。
合集	24769		（1）丁酉卜，王，〔貞〕：今夕雨，至于戊戌雨。戊戌允夕雨。四月。
合集	24772		（1）癸巳卜，行，貞：今夕雨。才□〔月〕。 （2）……其雨。〔才〕四月。
合集	24779		（2）今夕雨。 （3）……〔𠂤〕𡆥卜……其雨。〔才〕四月。
合集	24803		（1）貞：〔其雨〕。才〔四月〕。 （2）貞：其雨。才四月。 （3）貞：其雨。才𠂤。 （4）貞：其雨。才四月。 （5）貞：今夕不雨。 （6）貞：其雨。 （8）貞：今夕不雨。才五月。 （9）貞：其雨。 （11）貞：今夕不雨。才五月。 （12）〔貞〕：其雨。

合集	24791+24803【《甲拼三》713】		（1）貞：今夕〔不〕雨。 （2）貞：〔其雨〕。才〔四月〕。 （3）貞：其雨。才四月。 （4）貞：其雨。才𠂤。 （5）貞：其雨。才四月。 （6）貞：今夕不雨。 （7）貞：其雨。 （9）貞：今夕不雨。才五月。 （10）貞：其雨。 （12）貞：今夕不雨。才五月。 （13）〔貞〕：其雨。
合集	24806		（1）□夕不雨。才四月。
合集	24822		……貞：今夕不雨。才四月。
合集	24908		……雨。四月。
合集	27856		□□卜，何，貞：〔王宊叀〕吉，不〔𦬇〕雨。四月。
合集	27861+27862+27863+27864【《綴彙》899】		（1）丙寅卜，㠱，貞：王往，于夕福，不遘雨。宊叀吉。 （2）……宊叀吉，往于夕福，允不遘雨。四月。 （3）丁卯卜，何，貞：王往于夕福，不遘雨。允衣不遘。 （4）貞：王往于夕福，不𦬇雨。宊叀吉。 （5）己巳卜，何，貞：王往于日，不𦬇雨，宊叀吉。允雨不𦬇。四月。 （6）……允不𦬇雨。四月。 （7）……何，貞……往于夕……𦬇雨。 （8）……不𦬇雨，往于夕福。允不𦬇雨。四月。

著錄	編號／【綴合】／（重見）	備註	卜辭
合集	30927		□□〔卜〕，㕟，貞……禱，不……雨，王往……允不蕭〔雨〕。四月。
合集	40212		（2）……雨。四月。
合補	3803		不𧈅雨。四月。
合補	3867		……雨。四月。
屯南	4513+4518		（2）戊寅卜，于癸舞，雨不。三月。 （4）乙酉卜，于丙𠦪岳，从。用。不雨。 （5）乙未卜，其雨丁不。四月。 （6）乙未卜，翌丁不其雨。允不。 （10）辛丑卜，𠦪𦎫，从。甲辰陷，小雨。四月。
中科院	1132+1144【《契》314】		貞：今夕不其雨。四月。
東大	666		（1）……何，貞……往于夕……蕭雨。 （3）……雨往……禱……蕭雨。四月。
旅順	1598		（1）……〔雨〕…… （2）……〔雨〕……四月。

（五）五月——雨

著　錄	編號／【綴合】／（重見）	備　註	卜　辭
合集	903 正		（3）乙卯卜，㱿，貞：來乙亥彡下乙十伐㞢五，卯十宰。二旬㞢一日乙亥不彡，雨。五月。
合集	5349		庚子卜，爭，貞：王用，其蕭。之日用，蕭雨，五月。
合集	9337		（1）〔貞〕：今夕〔其〕雨。五月。
合集	12565		己巳卜，穷，貞：雨。五月。

合集	12566		貞：其雨。五〔月〕。
合集	12567		今五月雨。
合集	12568（《旅順》661）	填墨	……雨其……五月。
合集	12569（《中科院》138）		庚申雨。五月。
合集	12570		（1）丙寅卜，㱿，貞：翌丁卯王其爻，不〔冓〕雨。 （2）貞：其冓雨。五月。
合集	12571		（1）貞：不冓雨。 （2）貞：其冓〔雨〕。 （3）貞：其雨。五月。
合集	12572		（1）……酓桒于河，不冓雨……五月。
合集	12573（《合集》24878）+《合補》4481【《甲拼續》484】		（1）辛酉卜，出，貞：勿見，其遘雨，克卒。五月。
合集	12574		□□卜，史，〔貞〕：今夕雨。五月。
合集	12575		貞：今夕雨。五月。
合集	12576		（1）貞：今夕不其征雨。 （2）貞：今夕雨。五月。
合集	12577 正		甲午卜，穷，貞：今五月多雨。
合集	12577 反		（2）王〔固〕曰：己雨，辛雨。
合集	12578 正		……之夕雨。五月。
合集	12579		（2）……大雨。五月。
合集	12580		……不雨。五月。
合集	12581		（1）貞：今〔夕〕不其雨。五月。

合集	12582		（1）乙未卜，𠂤，貞：今日雨。 （2）貞：今日不其雨。五〔月〕。
合集	13377+18792+18795+《合補》2294【《甲拼續》458、《綴彙》335】		（1）癸……旬亡〔𡆥〕……㞢七日𪓑己卯〔大〕采日大𩂣風，雨。𡕒伐。五〔月〕。
合集	20943		（3）壬辰卜，五月癸巳雨，乙巳亦雨。
合集	20945（《史語所》9）		□卯卜，王……旬五月……卩，大雨。
合集	20964+21310+21025+20986【《綴彙》165】		（1）癸卯卜，貞：旬。四月乙巳𦢊雨。 （3）癸丑卜，貞：旬。五月庚申寐人雨自西。𡖊既。 （4）辛亥𨸏雨自東，小……
合集	20966		（1）癸酉卜，王〔貞〕：旬。四日丙子雨自北。丁雨，二日陰，庚辰……一月。 （2）癸巳卜，王，旬。四日丙申昃雨自東，小采既，丁酉少，至東雨，允。二月。 （3）癸丑卜，王，貞：旬。八〔日〕庚申寎人雨自西小，𡖊既，五月。 （7）□□〔卜〕，王……告……比……〔雨〕……小。
合集	22915		（2）甲申卜，旅，貞：今日至于丁亥易日，不雨。才五月。
合集	24690		（1）貞：其雨。五月。
合集	24691		貞：其雨。五月。
合集	24710		貞：不其雨。才五月。
合集	24711		貞：不其雨。才五月。
合集	24712		貞：不其雨。五月。
合集	24713（《合集》24737）		（1）貞：今日雨。 （2）貞：不其雨。才五月。

合集	24714		（1）戊午卜，尹，貞：今日雨。 （2）貞：不其雨。才五月。
合集	24774		（2）……雨。五月。
合集	24803		（1）貞：〔其雨〕。才〔四月〕。 （2）貞：其雨。才四月。 （3）貞：其雨。才⿱。 （4）貞：其雨。才四月。 （5）貞：今夕不雨。 （6）貞：其雨。 （8）貞：今夕不雨。才五月。 （9）貞：其雨。 （11）貞：今夕不雨。才五月。 （12）〔貞〕：其雨。
合集	24791+24803【《甲拼三》713】		（1）貞：今夕〔不〕雨。 （2）貞：〔其雨〕。才〔四月〕。 （3）貞：其雨。才四月。 （4）貞：其雨。才⿱。 （5）貞：其雨。才四月。 （6）貞：今夕不雨。 （7）貞：其雨。 （9）貞：今夕不雨。才五月。 （10）貞：其雨。 （12）貞：今夕不雨。才五月。 （13）〔貞〕：其雨。

著錄	編號／【綴合】／（重見）	備註	卜辭
合集	24804		（1）辛未卜，行，貞：今夕不雨。 （2）□□卜，行，〔貞：今〕夕□雨。 （3）乙亥卜，行，貞：今夕不雨。 （4）貞：其雨。才五月。 （5）……雨……五月。 （6）……雨……五月。
合集	24871		（1）貞：隹吉，雨。五月。
合集	27706（《合集》41394）		□□卜，口，〔貞〕……卯翌日……菁〔雨〕。五月。
合集	27865		戊寅卜，何，貞：王往，于夕禣，不菁雨。才五月。
合集	40244（《英藏》1060）		……雨。五月。
合集	40287（《英藏》1036）		（1）之夕雨。五月。 （2）……雨。
合集	40310		（1）〔貞〕……〔雨〕。 （2）貞：其菁雨。五月。
合補	7460（《懷特》1094）		貞：其菁雨。五月。

（六）六月——雨

著　錄	編號／【綴合】／（重見）	備　註	卜　辭
合集	11801		……不雨。六〔月〕。
合集	12583		（1）貞：其菁雨。六〔月〕。
合集	12584		（2）貞：□雨。六月。
合集	12585		□夕其雨。六月。

合集	12586		（1）貞：今夕不雨。 （2）貞：其〔雨〕征。六〔月〕。
合集	12589		（1）……甲□……雨。六月。
合集	12590		（2）勿即穷，雨。六月。
合集	12591		（1）辛亥卜，翌壬子雨。 （2）貞：不雨。六月。 （4）……雨。
合集	12592（《中科院》1166）		易〔日〕，不雨。六月。
合集	13458		（2）……不雨……允陰。六月。
合集	20958		……不雨，六月。
合集	21017		〔丙〕申卜，令肉伐，雨，[illegible]，不風。允不。六月。
合集	23181+25835【《甲拼續》395】		（5）戊戌卜，行，貞：今夕不雨。 （6）貞：其雨。在六月。
合集	24692		（1）貞：其雨。才六月。
合集	24693		（2）貞：其雨。六月。
合集	24760		（1）貞：今日不雨。 （2）貞：今日其雨。才六月。
合集	24775（《中科院》1424）		貞：今夕雨。六月。
合集	24864		……其征雨。六月。
合集	24889		（1）丁巳……不……雨。 （2）……〔雨〕。六月。
合集	24907		……雨。六月。

合集	40243（《英藏》1067）		貞：叀雨。六月。
合集	40818（《英藏》1784）		（3）戊戌卜，王，貞：乙其雨。六月。 （4）……雨。
英藏	02069		貞：今夕不其雨。六〔月〕。

（七）七月——雨

著　錄	編號／【綴合】／（重見）	備　註	卜　辭
合集	8473		（7）貞：今夕其雨。 （8）貞：今夕不雨。 （10）貞：今夕其雨。 （11）貞：今夕不雨。 （13）貞：今夕其雨。七月。 （14）貞：今夕不其雨。 （16）貞：今夕其雨。 （17）貞：今夕不雨。
合集	12036		（1）貞：其雨。 （2）貞：今日不雨。 （3）貞：其〔雨〕。七月。
合集	12593		貞：其雨。七〔月〕。
合集	12594		貞：其雨。七月。
合集	12595		（1）貞：〔于〕翌乙丑□介□己，其冓雨。 （2）乙丑…… （3）……其雨。七月。

合集	12596		……其雨。七月。
合集	12597		……其雨。七月。
合集	12598		（1）貞：今日其大雨。七月。 （2）不菁〔雨〕。
合集	12599		貞：其〔菁〕雨。七月。
合集	12600		……菁雨。七月。
合集	12601		……雨。七月。
合集	12602		……雨。七月。
合集	12603		……雨。七月。
合集	12604		（1）……雨。七月。
合集	12605		……不雨。七月。
合集	12606		（2）貞：今夕不雨。七月。
合集	12607		（2）貞：今夕其雨。七月。
合集	16551 正		（1）貞：其雨。七〔月〕。 （2）貞：今夕不雨。
合集	18813		（5）貞：其雨。七月。
合集	20897		……雨……七月。
合集	24694（《合集》41092）		貞：其雨。才七月。
合集	24715		貞：不其雨。才七月。
合集	27152		乙亥卜，何，貞：宔唐𣪘，不菁雨。七月。吉
合集	29723		（1）叀七月酓，又雨。弜至乙。
合集	30107		壬辰卜，何，貞：王不菁雨。七月。

合集	30109		癸巳卜，何，貞：王不冓雨。七月。
合集	41107（《英藏》1077）		……雩雨。才七月。
合補	7426 正（《東大》1222 正）		（2）貞：其雨。七月。
旅順	662		丙……七月……雨□……
旅順	1784		（1）□□〔卜〕，何，貞：王……雨。七月。

（八）八月——雨

著　錄	編號／【綴合】／（重見）	備　註	卜　辭
合集	6		（34）庚寅卜，貞：翌辛卯王龠爻，不雨。八月。 （35）辛卯卜，貞：今日其雨。八月。
合集	10976 正		（7）辛未卜，爭，貞：生八月帝令多雨。 （8）貞：生八月帝不其令多雨。 （12）丁酉雨至于甲寅旬㞢八日。〔九〕月。
合集	12608（《旅順》585）		……其雨。八月。
合集	12609		（1）□雨。八月。
合集	12610		（1）……雨。八月。 （2）貞：其冓雨。八月。
合集	12611		戊子卜，□，貞：今日其麃，不冓雨。八月。
合集	12612		……夕允雨。八月。才□。
合集	24695		貞：其雨。才八〔月〕。
合集	24716		貞：不其雨。才八月。
合集	24810		（1）丙申卜，貞：今夕不雨。 （2）貞：今夕其雨。八月。

合集	24866		（1）壬子卜，旲，貞：㞢□雨。八月。
北大	1444		（1）貞：今夕不雨。八月。
史語所	103		……不雨。八月。
旅順	663		……雨。八月。

（九）九月——雨

著　錄	編號／【綴合】／（重見）	備　註	卜　辭
合集	11497 反		（2）九月甲寅彡，不雨。乙巳夕㞢異于西。
合集	12613		其雨。九月。
合集	12614（《旅順》629）	填墨	（2）〔貞〕：今夕□雨。九月。
合集	12615		貞：今夕不其雨。九月。
合集	12616+《甲》3444+《甲》3448【《合補》3620、《合補》4796】		（2）丁丑〔卜〕，史，〔貞〕……不雨。 （3）□□〔卜〕，□，貞：今夕不雨。九月。
合集	12617 正		（1）庚戌卜，弗其及今九月雨。
合集	20760		庚子卜，獸，辛丑步，不雨。允不。九〔月〕。
合集	20944+20985【《合補》6810】		（1）……今日雨。九月。 （5）……旬……各云自東……〔雨〕，暈。
合集	24664		（3）己巳卜，王，貞：曰雨。才九月。
合集	25030		甲申卜，中，貞：叀𣪘祀雨。九月。
合集	37646		戊辰卜，才𦎫，貞：王田光，不遘大雨。茲卬。才九月。
合集	40251		貞：其雨。九月。
合集	40284		〔今〕夕雨。九月。

合集	41091（《英藏》2083）		（2）□卯卜，出，貞：今日夕㞢雨，于盄室牛不用。九月。
合集	41093		貞：其雨。九月。
合補	3594（《懷特》220）		（2）……雨。九月。
懷特	209		（1）……雨。 （2）……雨。九月。

（十）十月——雨

著　錄	編號／【綴合】／（重見）	備　註	卜　辭
合集	809 正		（5）戊寅卜，穷，貞：今十月雨。 （6）貞：今十月不其雨。
合集	809 反		（4）王固曰：其雨隹庚，其隹辛雨。引吉。
合集	6251		（1）貞：〔今〕十月〔不〕其雨。
合集	7894		貞：其［雨］。十月。才甫魚。
合集	12618		（1）貞：雨……隹……十月。
合集	12619（《旅順》587）		貞：其雨。十月。
合集	12620		丙申雨。十月。
合集	12621（《合補》3808 正）		辛巳卜，今十月亦盧〔雨〕。
合集	12622		貞：今夕雨。十月。
合集	12623 甲		（5）貞：今夕其雨。十月。 （6）貞：今夕不雨。十月。 （7）貞：今夕其雨。 （8）貞：今夕其雨。 （9）……其雨。

			（10）貞：今夕其雨。 （11）貞：今夕其雨。 （12）貞：今夕其雨。
合集	12623 乙		（3）……夕……雨。 （4）〔貞〕：今夕□雨。十月。 （5）貞：今〔夕〕不〔雨〕。
合集	12625		貞：不雨。十月。
合集	12627		（4）貞：弗其及今十月雨。 （5）及今〔十月〕雨。
合集	12628		（1）丙午卜，韋，貞：生十月雨其隹霝。 （2）丙午卜，韋，貞：生十月不其霝雨。
合集	13406		癸巳卜，𡆥，貞：雨雷。十月。才□。
合集	14591		（1）癸亥卜，爭，貞：翌辛未王其酌河，不雨。 （3）貞：今日其雨。十月。才甫魚。
合集	24855		……夕……雨。十月。
合集	24872		（2）辛丑卜，即，貞：茲旬叀雨。十月。
合補	7381（《東大》630）		（2）貞：今夕其雨。之夕允雨。十月。才睊。
北大	1604		（2）辛丑卜，即，貞：丝旬叀雨。十月。
英藏	00705		……步，雨……十月。
英藏	01053		（1）□□卜，㱿，〔貞〕……〔十月〕雨。 （2）□□〔卜〕，㱿，〔貞〕……不其〔雨〕。
旅順	1580	填墨	不其〔雨〕。十月。〔註 14〕

〔註 14〕朱歧祥認為不應補「雨」字。參見朱歧祥：《釋古疑今——甲骨文、金文、陶文、簡文存疑論叢》第十七章　《旅順博物館所藏甲骨》正補，頁 368。卜辭中習見「雨小」和「小雨」之例，但未見「小其雨」的讀法，因此本辭當讀為「其雨小」。

（十一）十一月——雨

著錄	編號／【綴合】／（重見）	備註	卜辭
合集	5658 正		（10）丙寅卜，爭，貞：今十一月帝令雨。 （11）貞：今十一月帝不其令雨。 （14）不祉雨。
合集	7897+14591【《契》195】		（1）癸亥卜，爭，貞：翌辛未王其酓河，不雨。 （3）乙亥〔卜，爭〕，貞：其〔奏〕𩁹，衣，〔至〕于亘，不冓雨。十一月。才甫魚。 （4）貞：今日其雨。十一月。才甫魚。
合集	11462 正		（1）丙子卜，𡆥，貞：今十〔一〕月……其雨。
合集	12629		（1）癸亥卜，𡧊，貞：旬亡囚。己巳雨。十一月。 （3）癸□，〔貞〕……夻……〔亡〕囚。丙申雨。
合集	12630		□亥〔卜〕，𡧊，貞：□十一月雨。
合集	12631		今夕雨。十一月。
合集	12632（《中科院》1021）		（1）貞：其雨。十一月。
合集	12634		〔貞〕……雨。十一月。
合集	12635 正		〔癸〕巳卜，𡧊，貞：今十一月不其雨。
合集	12636		（1）丁丑卜，爭，貞：今十一月其雨。 （2）貞：今十一月不其雨。
合集	12637（《旅順》595）		己丑卜，𠱠，貞：今十一月不其雨。
合集	14140 正		……十一月……帝令多雨。
合集	16573		（2）貞：今夕不雨。十一月。

合集	21081		戊〔戌卜〕，王，貞：生十一月帝雨。二旬㞢六日……
合集	24696		（2）貞：其雨。十一月。
合補	7383 正（《東大》628 正）		（1）貞：今夕雨。十一月。
合集	3528		今……雨。十一月。
東大	1023		……曰：壬……雨。十一月。
旅順	649	填墨	（2）今十一月雨。
懷特	180		貞……雨……年。十一月。

（十二）十二月——雨

著　錄	編號／【綴合】／（重見）	備　註	卜　辭
合集	10389		（4）貞：其雨。 （5）丙子卜，貞：今日不雨。 （6）貞：其雨。十二月。 （8）貞：今夕不雨。 （9）貞：其雨。 （11）……雨。 （12）乙未卜，貞：今夕不雨。 （13）貞：□雨。
合集	12248+12640〔註 15〕		（1）貞：今夕其雨。十二月。 （2）……雨……

〔註 15〕蔣玉斌：〈《甲骨文合集》綴合拾遺（第八十三、八十四組）〉，中國社會科學院歷史研究所先秦史研究室網站，2010 年 11 月 12 日 http://www.xianqin.org/blog/archives/2889.html

合集	12638		貞：其雨。十二月。
合集	12639		〔貞〕：今夕其雨。十二月。
合集	12640		……雨。十二月。
合集	12641		不㐭〔雨〕。十二月。
合集	20791		（1）……壬□雨，至……十二月。
合集	20909+20823【《合補》6685】		丙子卜，今日雨不。十二月。
合集	21000		（1）乙丑，貞：雨。曰戊寅。旬四日，其雨。十二月。 （2）乙丑，貞：庚翌雨。
合集	21021		（1）癸未卜，貞：旬。甲申陷人，雨。□□雨。十二月。 （2）癸丑卜，貞：旬。〔甲寅大〕食雨〔自北〕。乙卯小食大啟。丙辰中日大雨自南。 （3）〔丁巳〕卜，今日方其征，不征。征。雨自西北少。 （4）癸亥卜，貞：旬。一月。昃雨自東。九日辛丑大采，各云自北，雷，祉大風自西，刜云率〔雨〕，母螽日…… （5）癸酉卜，貞：旬。二月。 （6）癸巳卜，貞：旬。二月。之日子羌女老，祉雨少。 （7）……大采日，各云自北，雷，風，〔幺〕雨不祉，隹好……
合集	21312		（5）……雨。十二月。
合集	24805		（3）辛未卜，行，貞：今夕不雨。才十二月。 （4）……亡……雨。
合集	33906		□□，貞：日雨。十二月。
合集	39554（《英藏》1757）		乙丑卜，于大乙桒雨。十二月。

著　錄	編號／【綴合】／（重見）	備　註	卜　辭
合集	40297（《英藏》997）		（1）丁未卜，穷，貞：生十二月雨。 （2）今日雨。
合集	40302（《英藏》1011 正）	（2）塗朱	（2）貞：自今至于庚戌不其雨。 （3）貞：生十二月不其雨。
蘇德美日	《美》1		（1）乙丑，貞：于庚翌，雨。 （2）乙丑，貞：雨。曰：戊寅。旬四日，其雨小。十二月。

（十三）十三月——雨

著　錄	編號／【綴合】／（重見）	備　註	卜　辭
合集	12642		（1）貞：及〔今〕十三月雨。
合集	12643		（2）〔丁〕未卜，穷，〔貞〕：希雨□。十三月。
合集	12644 正		（1）乙亥卜……十三月雨。
合集	12645		（1）貞：雨。十三月。
合集	12646		……不其雨。十三月。
合集	12647		（1）今十三月雨。
合集	12648		（1）□□〔卜〕，□，貞：今十三月雨。 （2）己未卜，㱿，貞：今十三月不其雨。 （3）己未卜，㱿，貞：今十三月雨。 （4）貞：十三月不其雨。 （5）隹上甲壱雨。 （13）貞：今十三月不其雨。 （14）貞：今十三月不其雨。 （15）今十三月雨。 （16）今十三月不其雨。

合集	12863+《甲》2972+《甲》2962 正+《合集》2827 正+《甲骨文集》4.0.0012【《醉》332、《綴彙》483】		(1) 丁未卜，爭，貞：𢆶雨，匃于河。十三月。 (2) 貞：于岳𢆶雨匃……
合集	14227		(2) 貞：及今十三月雨。
懷特	231		……其雨。十三月。

(十四) □月——雨

著　錄	編號／【綴合】／(重見)	備　註	卜　辭
合集	7895		貞：其雨。□〔月〕。才甫魯。
合集	12179 (《中科院》1133)		貞：今夕不雨。□〔月〕。〔註 16〕
合集	12778 (《合補》3781)		貞：今夕征雨。□月。
合集	12857		……三宰……桒雨。□月。
合集	12908+《東大》B0444【《綴彙》409】		(1) 庚午卜，辛未雨。 (2) 庚午卜，壬申雨。壬申允雨。□月。 (6) 丙申卜……酉雨。之夕㞢丁酉允雨。小。 (7) □酉卜，翌戊戌雨。 (8) ……卜，癸酉雨。
合集	14118 (《中科院》61)		(1) □亥……不雨。□月。
合集	21013		(2) 丙子隹大風，允雨自北，以風。隹戌雨。戊寅不雨。𢀛曰：征雨，〔小〕采𡏳，兮日陰，不〔雨〕。庚戌雨陰征。□月。 (3) 丁未卜，翌日昃雨，小采雨，東。

〔註 16〕「□〔月〕」據《中科院》補。

著錄	編號／【綴合】／（重見）	備註	卜辭
合集	24699		貞：其雨。才……〔月〕。
合集	24752		（1）貞：其雨……月。 （2）今日不雨。
合集	24911		（1）貞……雨。才……〔月〕。
合集	40087（《英藏》797）		（2）……雨。□月。
合補	3913		□亥[illegible]雨……攸……□月。
合補	6789		（1）庚雨……月。
合補	7415		貞：今……不……雨……月。
合補	7459		□未卜，〔貞〕今夕雨。□月。
北大	1457		□月，貞：今雨。

六、生——雨

（一）生・月・雨

著　錄	編號／【綴合】／（重見）	備　註	卜　辭
合集	232 正+249 正(《合補》24 正)+1208 【《綴彙》101】		（1）……八日丁亥。允雨。 （8）貞：生三月雨。 （10）生三月雨。
合集	232 反+249 反(《合補》24 反)+1208 【《綴彙》101】		（1）雨其疾。 （2）……彗。
合集	6719		（2）壬寅卜，生十月雨。 （3）不其雨。

合集	8648 正（《合補》1396 正）		（1）貞：雨。 （2）不其雨。 （3）貞：今日其雨。 （4）今日不其雨。 （5）癸酉卜，亘，貞：生月多雨。
合集	8648 反（《合補》1396 反）		（1）丙子卜，貞：雨。 （2）王固曰：其雨。 （4）〔王〕固曰：其隹庚戌雨小，其隹庚☐雨。
合集	10976 正		（7）辛未卜，爭，貞：生八月帝令多雨。 （8）貞：生八月帝不其令多雨。 （12）丁酉雨至于甲寅旬㞢八日。〔九〕月。
合集	12501		貞：生一月不其多〔雨〕。
合集	12628		（1）丙午卜，韋，貞：生十月雨其隹霝。 （2）丙午卜，韋，貞：生十月不其霝雨。
合集	13417		（1）……七日壬申雷，辛巳雨，壬午亦雨。 （2）乙丑……生一月……其〔雨〕。 （3）乙☐雨。
合集	20470		（4）丙午卜，其生月雨，癸丑允雨。 （5）……陰，不雨。 （7）……甾……其……昃……雨……雨。
合集	21081		戊〔戌卜〕，王，貞：生十一月帝雨。二旬㞢六日……
合集	27207+27209+29995【《醉》270】		（6）茲月至生月，又大雨。 （7）〔茲〕月至〔生〕月，亡〔大〕雨。
合集	33825		癸未卜，貞：生月又雨。

著錄	編號／【綴合】／（重見）	備註	卜辭
合集	33916		（1）乙戌，貞：□𢓊石，雨。 （2）生月雨。
合集	34489		（3）癸巳卜，生月雨。 （4）于己未雨。 （5）戊申雨。 （8）于庚戌雨。
合集	38165		（1）癸未卜，〔貞〕：茲月又大雨。茲卬。夕雨。 （2）于生月又大雨。 （3）□□卜，貞……雨。
合集	38166		（1）丁卯卜，〔貞：茲〕月〔又大雨〕。 （2）于生月又大雨。
合集	40297（《英藏》997）		（1）丁未卜，穷，貞：生十二月雨。 （2）今日雨。
合集	40302（《英藏》1011 正）	（2）塗朱	（2）貞：自今至于庚戌不其雨。 （3）貞：生十二月不其雨。
屯南	2772		（2）其雩風，雨。 （3）庚辰卜，辛至于壬雨。 （5）生月雨。

（二）木·月·雨

著　錄	編號／【綴合】／（重見）	備　註	卜　辭
合集	33915		（2）己丑卜，木月雨。
屯南	1543		□辰，〔貞〕：……木月其雨。

（三）其他

著　錄	編號／【綴合】／（重見）	備　註	卜　辭
合集	904 反		（1）王固曰：丙其雨，生。
合集	11975		……生……不其〔雨〕。
合集	21935		甲午卜，䕶不生合，癸雨。

七、來——雨

（一）來・干支・雨

著　錄	編號／【綴合】／（重見）	備　註	卜　辭
合集	641 正+《乙》7681+《乙補》1447+《乙補》1557【《醉》27】		（4）來甲戌，其雨。
合集	655 正甲		（11）丙寅卜，〔殼〕，貞：來〔乙〕亥〔不〕其易〔日。王〕固曰：〔吉〕，乃茲〔不〕易日。〔乙〕亥〔允〕不〔易〕日，雨。
合集	896 正		丁未卜，穷，〔貞：來〕甲寅酌〔大〕甲十伐㞢五，卯十宰。八日甲寅不酌，雨。
合集	903 正		（3）乙卯卜，殼，貞：來乙亥酌下乙十伐㞢五，卯十宰。二旬㞢一日乙亥不酌，雨。五月。
合集	997		（2）貞：來乙未〔雨〕。
合集	11497 正		（3）丙申卜，殼，貞：來乙巳酌下乙。王固曰：酌，隹㞢希，其㞢異。乙巳酌，明雨，伐既，雨，咸伐，亦雨，攸卯鳥，晴。

合集	11497 反		（2）九月甲寅酓，不雨。乙巳夕㞢異于西。
合集	11498 正		（3）丙申卜，殼，貞：〔來〕乙巳酓下乙。王固曰：酓，隹㞢希，其㞢異。乙巳明雨，伐既，雨，咸伐，亦雨，㪉鳥，晴。
合集	12463		癸未卜，來壬辰雨。
合集	12464		（2）貞：來庚寅不其雨。
合集	12465 正		（1）戊辰卜，爭，〔貞〕：來乙亥其雨。 （2）戊辰卜，爭，貞：來乙亥不雨。
合集	12466 正+《乙補》5548+《乙補》5359+《乙補》5881+《乙》6321【《醉》361】		（1）辛巳卜，亘，貞：雨。 （3）貞：來乙酉其雨。 （4）貞：來庚寅不其雨。 （5）貞：來庚寅不其雨。
合集	12466 反+《乙補》5548+《乙補》5359+《乙補》5881+《乙》6321【《醉》361】		王固曰：气雨，隹甲、丁見，辛、巳。
合集	12467		貞：來甲戌不其雨。
合集	12469 正（《中科院》202 正）		（1）貞：來乙未不雨。
合集	13648 正+《乙補》4668+無號甲+《乙補》4670+《乙補》4651【《醉》306】		（5）貞：來庚寅其雨。 （6）不其雨。
合集	14147 正		（1）庚寅雨。 （3）來乙未，帝其令雨。 （4）來乙〔未〕，帝不令雨。
合集	14147 反		王固曰：乙未帝其令雨。

合集	20416		（1）□申卜，方其征，今允雨。 （3）丁酉〔卜〕，來己日雨。
合集	20911		來己雨，豕。
合集	21065		（1）壬午卜，來乙酉雨，不雨。
合集	30048		（1）自今辛至于來辛又大雨。 （2）〔自〕今辛至〔于〕來辛亡大雨。
合集	30171		（2）至來辛、己大雨。 （3）秋𤈦其方，又大雨。
合集	31199		（1）翌日庚其柬乃䨘、𠨍，至來庚又大雨。 （2）翌日庚其柬乃䨘、𠨍，至來庚亡大雨。 （3）來庚𠞢柬乃䨘，亡大雨。
合集	32329 正		（2）上甲不冓雨，大乙不冓雨，大丁冓雨。茲用 （3）庚申，貞：今來甲子酌，王大钔于大甲，𤈦六十小宰，卯九牛，不冓雨。
合集	33233 正		（1）□□，貞：其𠦪秋，來辛卯酌。 （2）癸巳，貞：其𤈦十山，雨。
合集	33752		來壬其雨。
合集	34526		乙卯卜，來丁卯酌品，不雨。
合集	34533		（2）庚申，貞：今來甲子酌，王不冓雨。

（二）來日・雨

著　錄	編號／【綴合】／（重見）	備　註	卜　辭
合補	9525（《懷特》1366）		（2）于來日丁丑雨。 （3）……雨于祖丁。 （4）……雨。

（三）來……雨

著　錄	編號／【綴合】／（重見）	備　註	卜　辭
合集	9494		（2）……來□亥雨。
合集	12354 正		（1）貞：翌乙亥雨。王固〔曰〕……來……申……
合集	12468		□戌卜，□，貞：來□申其〔雨〕。
合集	33926		（2）于來……𦔻雨。
合補	3693 正		□□〔卜〕，𡆥，貞：今來……〔王〕固曰：其雨。
合補	3766（《懷特》659）		……來庚……不雨。
合補	3844 正		貞：來……我雨。
合補	3902（《東大》319 反）+《東大》614【《綴彙》306】		貞：來□未……其隹丙雨……亦不……

（四）來雨／雨來

著　錄	編號／【綴合】／（重見）	備　註	卜　辭
合集	12872		（1）㞢來雨自西。
合集	12876 正		……來雨……
合集	12877 反		（2）……雨來。才□。

八、季節・雨

（一）春——雨

著　錄	編號／【綴合】／（重見）	備　註	卜　辭
合集	13515（《乙》8935）+《史購》46正【〈賓組甲骨綴合十八則〉】〔註 17〕		（1）甲子卜，貞：盖牧［爯？］冊，𠬝（？）乎取㞢春？ （2）己酉卜，貞：匄郭于丁，不？二月。 （3）癸丑卜，賓貞：于雀郭？ （4）癸丑卜，賓貞：匄郭于丁？ （5）貞：于丁一宰二 （6）……壴弗[illegible]〔註 18〕，㞢禍？五月。一 （7）貞：尋求雨于……一 （8）□卯卜，賓貞：㞢于祖……
合集	20416		（1）□□卜，方其征，今春雨。〔註 19〕 （3）丁酉〔卜〕，來己日雨。
合集	24669		春日不雨。

（二）秋——雨

著　錄	編號／【綴合】／（重見）	備　註	卜　辭
合集	6697+11535（《合補》1895）【甲拼34】		（5）〔□□〕卜，今秋…… （6）……雨……

〔註 17〕見本稿 2・1・6—18〔註 1〕。

〔註 18〕此字陳劍釋作「遣」，可從。參見陳劍：〈釋造〉，《甲骨金文考釋論集》（北京：線裝書局，2007），頁 127～176。

〔註 19〕原考釋將「春」釋為「允」。參照拓片及朱歧祥編撰、余風、賴秋桂、錢唯真、左家綸合編：《甲骨文詞譜》頁 2・445，定為「春」字。

著　錄	編號／【綴合】／（重見）	備　註	卜　辭
合集	29908		（2）壬寅卜，雨。癸日雨，亡風…… （3）不雨。〔癸〕…… （5）乙亥卜，今秋多雨。 （7）多雨。 （8）丙午卜，日雨。 （9）……不雨。
合集	30171		（2）至來辛、已大雨。 （3）秋尞其方，又大雨。
合集	30178		□申卜，其㐭雨，于秋童利。
合集	33233 正		（1）□□，貞：其寽秋，來辛卯酌。 （2）癸巳，貞：其尞玉山，雨。

（三）冬（終）——雨

著　錄	編號／【綴合】／（重見）	備　註	卜　辭
合集	12998 正		（1）貞：不其冬夕雨。
合集	12999		癸酉允冬□雨。庚……
合集	30183		（1）……夕雨冬。茲允。吉
合集	40342（《英藏》1102）		……至……冬日陰……雨。

拾壹、描述雨之狀態變化

一、既雨

（一）既雨

著　錄	編號／【綴合】／（重見）	備　註	卜　辭
合集	1784		（1）丁亥卜，貞：既雨。 （2）貞：毋其既〔雨〕。
合集	11497 正		（3）丙申卜，㱿，貞：來乙巳酢下乙。王固曰：酢，隹㞢希，其㞢異。乙巳酢，明雨，伐既，雨，咸伐，亦雨，㱃卯鳥，晴。
合集	11497 反		（2）九月甲寅酢，不雨。乙巳夕㞢異于西。
合集	11498 正		（3）丙申卜，㱿，貞：〔來〕乙巳酢下乙。王固曰：酢，隹㞢希，其㞢異。乙巳明雨，伐既，雨，咸伐，亦雨，㱃鳥，晴。
合集	11499 正		（2）……〔酢〕，明雨，伐〔既〕，雨，咸伐，亦〔雨〕，㱃卯鳥，大啟，昜。
合集	18012		……既〔雨〕。
合集	18023		……既〔雨〕。
合集	21940+《乙》1472【《醉》318】		（3）……卜……既雨。
合集	21942	（1）「雨」字倒刻	（1）癸雨，既雨。 （2）乙丑卜，雨。乙丑𣪕……涉。 （4）……雨。
合集	22000		（2）……既雨。
合補	3053		丁酉卜，殳，貞：今日既雨。
花東	244		丁卯卜，既雨，子其往于田，若。卬。

（二）雨不既

著　錄	編號／【綴合】／（重見）	備　註	卜　辭
屯南	0665		（4）辛巳，貞：雨不既，〔其〕𡆥于𡆥。 （6）辛巳，貞：雨不既，〔其〕𡆥于亳土。 （8）其雨。
屯南	1105		（5）辛巳，貞：雨不既，其𡆥于亳土。 （7）辛巳，貞：雨不既，其𡆥于𡆥。不用

二、允雨

（一）允雨

著　錄	編號／【綴合】／（重見）	備　註	卜　辭
合集	9900+12988【《甲拼續》354】		（1）……允雨。
合集	12546 正		（1）丙寅允雨。四月。
合集	12546 反		（1）……允雨。
合集	12633		（2）……〔允雨〕。
合集	12752（《中科院》519）		（1）……〔允〕雨。〔註1〕 （2）貞：〔叀〕雨。
合集	12823		……桒舞，雨。允……
合集	12826		……〔桒〕舞，雨。允□。
合集	12904		……允雨。

〔註1〕〔允〕字據《中科院》對照實物及拓本，（1）辭「雨」上為「允」之殘筆；照片「允」字不清。

合集	12980		（1）其雨。 （2）貞：舞，允从雨。
合集	12981		……允〔雨〕小。
合集	12983		……益，允雨。
合集	12985		……雨……允雨。
合集	12986 正		□□卜……〔允雨〕。
合集	12987		〔王固曰：吉。其〕……允雨。
合集	12988		（1）……允雨。
合集	12989 反		……雨，隹……允雨。
合集	12990		……雨。允雨。
合集	12991		（1）允雨。 （2）凡雨。
合集	12992		允雨。
合集	12993		（1）允雨。
合集	12994		允雨。
合集	20901+20953+20960 部份【《綴續》499】		（1）庚午卜，[illegible]，日雨。 （2）庚午卜，[illegible]，曰：弗羞雨。允多□。 （3）吼夕雨
合集	20979		（2）……王舞允雨。
合集	22782	（2）才八月	（3）〔甲〕午卜，王，貞：曰：雨，吉。告。允雨。
合集	24870		……允雨小……
合集	24876		貞：雨。允雨。

合集	24887		（1）乙□〔卜〕，貞：王……不菁〔雨〕。之一允…… （2）……雨。
合集	24892		（1）乙巳卜，中，貞：于方非人，皿雨。 （2）□□卜，中，〔貞〕……雨。允……我又𢦏。
合集	30118		（1）不菁雨。 （3）允〔雨〕。
合集	30149		（1）其雨。大吉　兹用 （2）允大雨。吉
合集	33780		（2）允雨。
合集	33781		允雨。
合集	33782		允雨。
合集	34861		（2）允雨。
合集	40305		……大……雨。允。
合補	377 反（《東大》110 反）		……允……雨。
屯南	0090		允雨。吉　兹用
屯南	1250		□□，貞……〔風〕于……〔雨〕。允□。
英藏	01064	塗朱	……雨。〔允〕……
英藏	01843		（1）……隹……不其雨。 （2）其雨。允……
村中南	006		至又日……允雨。吉。
旅順	612	填墨	允〔㞢〕雨。
合集	11837		（1）癸未雨。允其正。

（二）允不雨

著　錄	編號／【綴合】／（重見）	備　註	卜　辭
合集	12995		……雨。允不〔雨〕。
合集	13029		貞：允不雨。
合集	30927		□□〔卜〕，㚣，貞……禘，不……雨，王往……允不冓〔雨〕。四月。
天理	128		（2）允不雨。

（三）干支・允雨

著　錄	編號／【綴合】／（重見）	備　註	卜　辭
合集	232 正+249 正（《合補》24 正）+1208 【《綴彙》101】		（1）……八日丁亥。允雨。 （8）貞：生三月雨。 （10）生三月雨。
合集	232 反+249 反（《合補》24 反）+1208 【《綴彙》101】		（1）雨其疾。 （2）……彗。
合集	902 正		（1）己卯卜，㱿，貞：不其雨。 （2）己卯卜，㱿，貞：雨。王固：其雨。隹壬午允雨。 （3）……其……言〔雨〕才瀧。 （4）王不雨才瀧。
合集	1086 正		（7）辛酉卜，貞：自今五日雨。 （8）自今辛五日雨。
合集	1086 反		（2）壬戌雷，不雨。 （3）四日甲子允雨。雷。

合集	1106 正（《乙》6479 綴合位置錯誤）+12063 正+《乙補》5337+《乙補》5719【《醉》198】		（2）貞：今乙卯不其雨。 （3）貞：今乙卯允其雨。 （4）貞：今乙卯不其雨。 （5）貞：自今旬雨。 （6）貞：今日其雨。 （7）今日不〔雨〕。
合集	1106 反（《乙》6480 綴合位置錯誤）+12063 反+《乙》6048+《乙補》5720【《醉》198】		（2）王〔固曰〕：其雨。 （3）〔王〕固曰……雨小，于丙□多。 （4）乙卯舞㞢雨。
合集	6279+11891 正+11918【《甲拼》113】		（2）丙午卜，□，貞：自今至〔于〕……王固曰：其雨，隹庚，其隹……二日戊申允雨。
合集	6947 正		（1）辛亥卜，爭，貞：翌乙卯雨。乙卯允雨。 （2）貞：翌乙卯不其雨。
合集	9557+11897【《甲拼三》598】		……丮，隹其雨……步于唐，戊……允雨。
合集	9717 反		〔王固〕曰：其〔雨〕。□日丁亥允雨。
合集	10132 正		（2）……〔壬〕……允雨。
合集	10299		（1）壬寅〔卜〕，癸雨。允雨。
合集	11665（《合集》24657）		（2）……隹……寅允〔雨〕。
合集	11814+12907【《契》28】		（1）庚申卜：辛酉雨。 （2）辛酉卜：壬戌雨。風，夕陰。 （3）壬戌卜：癸亥雨。之夕雨。 （5）癸亥卜：甲子雨。 （6）……雨……

			（8）己巳卜：庚午雨。允雨。 （9）庚午不其雨。 （10）庚午卜：辛未雨。 （11）辛未不其雨。 （12）壬〔申〕雨。 （13）壬申不其雨。 （14）癸酉不其〔雨〕。
合集	11851 正+《珠》1404【《合補》3640、3641 正】		□午卜，㱿，貞：我……〔王〕固曰：辛其雨……日辛丑允〔雨〕……
合集	11891 正+6279+11918【《契》251】		（2）丙午卜，□□：自今至于……王固曰：其雨，隹庚，其隹……二日戊申允雨。 （3）……曰：其雨，隹庚，其……
合集	11891 反+6279+11918【《契》251】		……曰：其雨，隹庚，其……
合集	11894		壬寅卜，其雨。癸允〔雨〕。
合集	11918		（2）丙午〔卜〕，□，〔貞〕……王固曰：其雨。二日戊申〔允雨〕。
合集	11971 正+12976+14599+《合補》4497+《乙》8358+《乙補》555+《乙補》612+《乙補》3000+14579+《乙》616+《乙補》556+《乙補》613【《醉》338】		（3）辛卯卜，㱿，貞：雨。王固曰：甲雨。四日甲午允雨。 （4）貞：不其雨。 （6）甲午卜，爭，貞：翌丙申雨。
合集	11971 反++12976+14599+《合補》4497+《乙》8358+《乙補》555+《乙補》612+《乙補》3000+14579+《乙》616+《乙補》556+《乙補》613【《醉》338】		（1）王固曰：隹丁……今日……雨。

合集	12411 正		（2）癸丑〔卜〕，貞：翌〔甲〕寅其雨。
合集	12411 反		……夕……〔寅允〕雨。
合集	12482		（1）辛亥卜，自今旬……壬子雨。七〔日〕丁巳允〔雨〕。
合集	12514		……□戌允雨。二月。
合集	12546 正		（1）丙寅允雨。四月。
合集	12546 反		（1）……允雨。
合集	12547		〔癸〕酉卜，雨。甲戌允雨。四月。
合集	12905		戊戌雨。允雨。
合集	12906		以丑卜，𣪊，〔貞：丁〕卯其雨。丁卯允雨。
合集	12907+11814【《契》28】		（1）庚申卜，辛酉雨。 （2）辛酉卜，壬戌雨。風，夕陰。 （3）壬戌卜，癸亥雨。之夕雨。 （5）癸亥卜，甲子雨。 （6）……雨…… （8）己巳卜，庚午雨。允雨。 （9）庚午不其雨。 （10）庚午卜，辛未雨。 （11）辛未不其雨。 （12）辛〔未〕卜，壬〔申〕雨。 （13）壬申不其雨。 （14）癸酉不其〔雨〕。
合集	12908+《東大》444【《綴彙》409】		（1）庚午卜，辛未雨。 （2）庚午卜，壬申雨。壬申允雨。□月。

			（6）丙申卜……酉雨。之夕㞢丁酉允雨。小。 （7）□酉卜，翌戊戌雨。 （8）……卜，癸酉雨。
合集	12909 正		（1）乙卯卜，丙辰雨。允〔雨〕。 （2）丁巳雨。允雨。 （3）庚申卜，辛酉雨。允雨。 （4）壬戌雨不。 （5）癸亥雨不。允雨。 （6）□戌允雨。
合集	12910		（1）丁未卜，翌戊雨不。 （2）己酉雨。允雨。 （3）辛……雨。三月。
合集	12911		（1）戊寅其雨。戊寅允〔雨〕。 （2）翌己卯其雨。
合集	12912		〔翌〕乙未其〔雨〕。〔乙〕未允雨。
合集	12913（《旅順》611）	填墨	（1）貞：丁雨。丁允雨。
合集	12914		□□卜，韋，貞：亦多與。王𠙶曰……丙午允雨。
合集	12915		……雨。之〔夕〕㞢，辛〔未〕允雨。
合集	12917		〔丙子〕……允雨。
合集	12918		壬〔寅〕……辛亥允雨。
合集	12962		（1）□□卜，爭，〔貞〕……其隹庚……至于丁亥雨。允〔雨〕。
合集	12963 正		（3）貞：自今五日雨。五乙巳允雨。

合集	12964		（1）甲辰卜，王，翌丁未雨。 （2）甲辰卜，王，自今至己酉雨。允雨。
合集	12965		……翌丁亥允雨。
合集	12966+《粹》735（《旅順》651）	填墨	（1）丁未卜，箙，翌戊申雨。 （2）辛亥卜，箙，貞：翌壬子雨。允雨。 （3）辛亥卜，箙，翌壬雨。允雨。 （4）壬子卜，箙，翌癸丑雨。允雨。 （5）癸丑卜，箙，翌甲雨。甲允雨。 （6）……乙雨。 （7）乙卯卜，翌丙雨。
合集	12967		貞：翌〔丁〕……雨，隹丁、辛……允雨。丁……亦〔雨〕。
合集	12968		（2）翌癸亥其雨，癸亥允雨。
合集	12969		乙未〔卜〕，翌丙〔申〕步，不易日。丙〔申〕允雨。
合集	12970		翌甲辰雨。允雨。
合集	12971		（1）壬辰卜，內，翌癸巳雨。癸巳見，允雨。
合集	12972 正		（3）翌癸〔丑〕其雨。 （4）翌癸丑不其〔雨〕。
合集	12972 反		（2）王固曰：癸其雨。癸丑允雨。
合集	12976		……〔王固〕曰：雨。四日甲午允雨。
合集	12977+13026【《醉》382】		（2）王固曰：其雨，其隹辛見甲。七日甲允雨，八日辛丑亦〔雨〕。
合集	12979（《旅順》609）		……㞢从雨。戊允雨。
合集	12982		……隹……〔日〕甲……允雨。
合集	12984		□□卜，王，今雨。〔王固〕曰：茲見。丁□〔允〕雨。

合集	12999		癸酉允冬□雨。庚……
合集	13375 正		……〔壴〕……壬其雨，不……中彔〔允〕……辰亦……風。
合集	14138		（1）戊子卜，㱿，貞：帝及四月令雨。 （2）貞：帝弗其及四月令雨。 （3）王固曰：丁雨，不叀辛。旬丁酉允雨。
合集	14153 正乙		（1）丁卯卜，㱿，翌戊辰〔帝〕其令〔雨〕。戊…… （2）丁卯卜，㱿，翌戊辰帝不令雨。戊辰允陰。 （3）戊〔辰〕卜，㱿，〔翌〕己巳〔帝〕令〔雨〕。 （4）丙辰卜，㱿，翌己巳帝不令雨。 （7）辛未卜，〔㱿〕，翌壬〔申〕帝其〔令〕雨。 （8）辛未卜，〔㱿〕，翌壬〔申〕帝〔不令〕雨。壬〔申〕暈。 （9）申壬〔卜，㱿〕翌癸〔酉〕帝其令雨。 （10）申壬卜，〔㱿〕翌癸酉帝不令雨。 （11）甲戌卜，㱿，翌乙亥帝其令雨。 （12）甲戌卜，㱿，翌乙亥帝不令雨。 （13）乙亥卜，㱿，翌丙子帝其令雨。 （14）乙亥卜，㱿，翌丙子帝不令雨。 （15）丙子卜，㱿，翌丁丑帝其令雨。
合集	14153 反乙		（2）己巳帝允令雨至于庚。
合集	14161 反（《合補》3367 反）		（1）己丑卜，爭，翌乙未雨。王固曰…… （2）……〔乙〕未不雨。 （3）〔癸〕未卜，爭，貞：雨。 （4）王固曰：雨，隹其不征。甲午允雨。 （5）王固曰：于辛雨。

合集	16131 反		（1）王固曰：其夕雨，夙明。 （3）王固曰：癸其雨。三日癸丑允雨。
合集	18915+34150+35290（《國博 98》） 【《合補》10605 甲、乙】		（1）庚午卜，辛未雨。 （2）庚午卜，壬申雨。允雨。 （3）辛未卜，帝風。不用。亦雨。
合集	20927		（1）癸丑卜，甲寅不其雨，允…… （2）癸……其雨。
合集	20957		（1）于辛雨，庚夕雨。辛攸。 （2）己亥卜，庚子又雨，其夕允雨。 （3）……着日大攸，昃亦雨自北。丙寅大……
合集	20966		（1）癸酉卜，王〔貞〕：旬。四日丙子雨自北。丁雨，二日陰，庚辰……一月。 （2）癸巳卜，王，旬。四日丙申昃雨自東，小采既，丁酉少，至東雨，允。二月。 （3）癸丑卜，王，貞：旬。八〔日〕庚申寎人雨自西小，夕既，五月。 （7）□□〔卜〕，王……告……比……〔雨〕……小。
合集	20969		（1）余曰：于三日雨。己未允雨。自北。 （2）……雨。
合集	21007 正		（3）癸卯卜，征雨，允雨。
合集	24877		己丑允雨。
合集	24903		（1）丙〔戌卜〕，出，〔貞：翌〕丁亥……雨。允雨。
合集	20898		（1）丁巳卜，王曰：庚其雨，□其雨，不雨，攸。 （4）□□卜，𡆥曰：乙丑其雨，允其雨。

合集	33309		（1）庚寅卜，翌辛卯雨。允雨，壬辰𢓊雨。 （4）……丁酉雨。
合集	33747 正		（1）己巳卜，雨。允雨。 （2）己巳卜，辛雨。 （3）己巳卜，壬雨。 （4）己巳卜，癸雨。 （5）己巳卜，庚雨。 （6）庚不雨。用 （7）己巳卜，辛雨。 （8）丙子卜，丁雨。 （9）丙子卜，丁不雨。 （10）丙子卜，戊雨。 （11）丙子卜，叀𡆥，雨。 （12）丙子卜，𡆥𡆥，雨。 （13）丙子卜，弜𡆥，雨。 （14）丙子卜，𡆥目，雨。 （15）丙子卜，丁雨。 （16）戊寅卜，雨。 （17）戊寅卜，己雨。允。 （18）庚辰卜，雨。 （19）庚辰卜，辛雨。 （20）庚辰卜，壬雨。 （25）甲申卜，丙雨。 （26）甲申卜，丁雨。

			（27）乙酉卜，丙戌雨。 （28）丁亥卜，戊雨。允雨。 （30）己丑卜，叏，庚雨。
合集	33777		（1）己未卜，辛酉雨。 （2）己□〔卜〕，庚□雨。 （3）辛允雨。
合集	33778	（2）干支有誤。	（2）丁申卜，其雨。允雨。 （3）……雨。
合集	33779		（1）甲戌卜，乙亥雨。允雨。 （2）甲戌卜，丙子〔雨〕。
合集	33834		（1）甲申卜，酌……雨。 （2）戊子卜，允雨。 （3）至辛卯雨。
合集	33943		（3）乙卯卜，乙丑其雨祉。 （4）乙卯卜，其雨丁。允雨丁。
合集	34040（《中科院》1546）		（1）壬寅卜，癸□〔雨〕。允雨，風。〔註 2〕 （2）不雨。
合集	40309		（1）丁卯〔卜〕，貞：□雨。之□允□。
合集	40316		□卯允雨。
合補	3846 正（《懷特》235 正）		……壬介，不隹我示……日戊申允雨小。
合補	3847		……卯允雨。

〔註 2〕釋文據《中科院》。

合補	13224 正		(1)〔壬〕申允雨，丁未……
合補	3926		……易日……丑……止〔允〕……
屯南	0109		(1) 甲子卜，雨。 (2) 允雨。 (3) 不雨。 (4) 乙丑，貞：雨。 (5) 其雨。 (6) ……雨。
屯南	0254		(1) 乙雨。乙巳允雨。 (2) 丙雨。丙午允雨。 (3) 丁雨。丁未不雨。 (4) 戊雨。
屯南	2161		(1) 丙子〔卜〕，至戊〔辰〕雨，不〔雨〕。戊辰□。 (2) 丁卯卜，戊辰雨。不雨。 (3) 己巳卜，烄，雨。 (4) 庚午卜，辛未雨。允雨。 (5) 庚午卜，壬申雨。允，亦雨。 (6) 辛未卜，帝風。不用，雨。 (10) ……允雨。
屯南	2282		(1) 丁卯卜，今日雨。 (2) 丁卯卜，取岳，雨。 (6) 己卯卜，于[illegible]立岳，雨。 (8) 己卯卜，桒雨于□亥。 (9) 己卯卜，桒雨于□。不

			(10) 己卯卜，桒雨于上甲。不 (11) 庚辰卜……岳，雨。 (12)〔辛〕巳〔卜〕，尞，不雨。 (13) 丁亥卜，戊子雨。〔允〕雨。 (14) 丁亥卜，庚雨。 (15) □□卜……雨。 (16) 癸丑卜，桒雨于□。 (18) □□卜，□雨。
屯南	2283		(1) 丙□卜，丁亥雨。允雨。己丑大雨。 (2) 于乙雨。 (3)〔于〕癸雨。
屯南	2508		(1) 今戊不其雨。 (2) 不雨，今戊。允。
屯南	2906+3080【《綴彙》359】		(1) 己亥，貞：其取岳舞，允雨。 (2) 乙亥，貞：叀岳[illegible]……雨。
屯南	4399		(2) 辛卯卜，壬辰大雨。 (3) 癸巳卜，乙未雨。不雨。 (4) 己酉卜，庚戌雨。允雨。
村中南	237		(5) 壬辰卜：王其田，不冓雨？吉。 (7) 茲允雨。
村中南	238		(6) 戊子卜：其彡，沚[illegible]、[illegible]以爵[illegible]？茲用。允雨。
村中南	399		〔辛〕丑卜：壬雨？允雨。

英藏	02429		（1）癸未卜，丙戌雨，不雨。 （2）癸未卜，乙雨不。 （3）癸未卜，甲申雨，允雨。
旅順	603		（1）癸……貞……雨……允……
愛米塔什	010		己未雨。允雨。

（四）干支・允不雨

著　錄	編號／【綴合】／（重見）	備　註	卜　辭
合集	892 正		（19）貞：今癸亥其雨。 （20）貞：今癸亥不其雨。允不雨。
合集	892 反		（8）丙寅……雨。
合集	7768		（5）癸巳卜，㱿，貞：今日其雨。 （6）癸巳卜，㱿，貞：今日不雨。允不雨。
合集	12517		（1）翌丁亥其雨。二月。 （2）翌丁亥不〔雨〕。允不〔雨〕。
合集	12919		（1）庚申其〔不〕雨。允不〔雨〕。 （2）辛酉不其雨。
合集	12920		癸卯卜，兹〔日〕不雨。允不〔雨〕。
合集	12921 正		（6）辛丑卜，穷，貞：翌壬寅其雨。 （7）貞：翌壬辰不其雨。
合集	12921 反		（3）壬辰允不雨。風。
合集	12925		今日丁巳允雨不祉。
合集	12930		□日允不雨。

合集	12957 反		〔之〕日允不雨。
合集	12973+臺灣某收藏家藏品+《乙補》5318+《乙補》229【《綴彙》218】		(1) 甲子卜，㱿，翌乙丑不雨。允□雨。 (2) 甲子卜，㱿，翌乙丑其雨。 (3) ……翌……雨，允不雨。 (4) 乙丑卜，㱿，翌丙寅其雨。 (5) 丙寅卜，㱿，翌丁卯不雨。 (6) 丙寅卜，㱿，翌丁卯其雨。丁卯允雨。 (7) 丁卯卜，㱿，翌戊辰不雨。 (8) 丁卯卜，㱿，翌戊辰其雨。 (9) 戊辰卜，㱿，翌戊辰不雨。 (10) 戊辰卜，㱿，翌戊辰其雨。 (11) 己巳卜，㱿，翌庚午不雨。允不〔雨〕。 (12) 己巳卜，㱿，翌庚午其雨。 (13) 壬申卜，㱿，翌癸……雨。 (14) 癸酉卜，㱿，翌甲戌不雨。 (16)〔乙亥〕卜，㱿，翌丙子不雨。 (17) 乙亥卜，㱿，翌丙子其雨。 (18) 丙子卜，㱿，翌丁丑不雨。 (19) 翌丁丑其雨。 (20) 辛酉卜，㱿，翌壬戌不雨，之日夕雨不祉。 (21) 辛酉卜，㱿，翌壬戌其雨。 (22) 壬戌卜，㱿，翌癸亥不雨，癸亥雨。 (23) 癸亥卜，㱿，翌甲子不雨，甲子雨小。

合集	12974		（2）丁丑卜，翌戊寅不雨。允不雨。 （3）翌戊寅其雨。 （4）戊寅卜，爭，貞：翌己卯其雨。 （5）戊寅卜，爭，翌己卯不雨。
合集	12975		（2）翌己未不其雨。允不。 （3）〔翌〕庚申不其雨。
合集	12996		（1）……其祉〔雨〕。允不祉雨。
合集	20398		（2）戊寅卜，于癸舞，雨不。 （3）辛巳卜，取岳，比雨。不比。三月。 （4）乙酉卜，于丙𡆥岳，比。用。不雨。 （7）乙未卜，其雨丁不。四月。 （8）以未卜，翌丁不其雨。允不。 （10）辛丑卜，𡆥㸚，比。甲辰陷，雨小。四月。
合集	20760		庚子卜，戰，辛丑步，不雨。允不。九〔月〕。
合集	20900		乙丑，貞：允雨不。
合集	20903		（1）乙亥卜，今日雨不，三月。 （2）己亥〔卜〕，翌日丙雨。 （3）□卯卜……雨。 （4）……翌日允雨不。
合集	20904		乙酉卜，不其雨。允不，隹〔丁〕。
合集	20905		〔貞〕：今日不其雨，允不。
合集	20972		〔弜〕舞，今日不其雨，允不。

合集	21052		（1）癸酉卜，自今至丁丑其雨不。 （2）自今至丁丑不其雨，允不。
合集	21099（《國博》11）		（1）癸未卜，不雨，允不。
合集	22435		（1）丙寅，貞：亡大雨。允。三月。
合集	24671		〔丙〕申卜，王，〔貞：翌〕丁酉不……□酉允不雨。
合集	24749		己酉卜，出，貞：今日不雨，之〔日允〕不〔雨〕。
合集	27861+27862+27863+27864 【《合補》9539、《綴彙》899】		（1）丙寅卜，㒞，貞：王往，于夕福，不遘雨。[illegible]叀吉。 （2）……[illegible]叀吉，往于夕福，允不遘雨。四月。 （3）丁卯卜，何，貞：王往于夕福，不遘雨。允衣不遘。 （4）貞：王往于夕福，不冓雨。[illegible]叀吉。 （5）己巳卜，何，貞：王往于日，不冓雨，[illegible]叀吉。允雨不冓。四月。 （6）……允不冓雨。四月。 （7）……何，貞……往于夕……冓雨。 （8）……不冓雨，往于夕福。允不冓雨。四月。
合集	28535		□□卜，今日戊王其田，不冓雨。茲允不〔冓雨〕。
合集	30110		（1）□〔午〕卜，何，貞：王不冓〔雨〕。 （2）允不冓雨。
合集	30927		□□〔卜〕，㒞，貞……禫，不……雨，王往……允不冓〔雨〕。四月。
合集	32171		（4）己亥卜，不雨，庚子夕雨。 （5）己亥卜，其雨。庚子允夕雨。 （6）癸卯卜，不雨。甲辰允不雨。 （7）癸卯卜，〔其〕雨……

合集	33838（部份重見《合集》33823）		（1）〔丁〕酉卜，戊戌雨。允雨。 （2）丁酉卜，戊戌雨。允雨。 （3）〔丁〕酉卜，己亥雨。 （4）丁酉卜，辛〔丑〕至癸卯〔雨〕。 （5）丁酉……庚子雨。 （6）辛丑卜，不征雨。 （7）癸卯卜，己巳雨。允雨。 （8）癸丑卜，己卯雨。 （9）及今夕雨。 （10）不雨。 （11）允不雨。
合集	40326 反（《英藏》1079 反）		（1）……允不雨。甲午雨。
屯南	2358		（1）丁酉卜，王其𢦏田，不冓雨。大吉。茲允不雨。 （2）弜𢦏田，其冓雨。 （3）其雨，王不雨[illegible]。吉 （4）其雨[illegible]。吉 （8）辛多雨。 （9）不多雨。 （10）壬多雨。 （11）不多雨。 （12）翌日壬雨。 （13）不雨。
屯南	4513+4518		（2）戊寅卜，于癸舞，雨不。三月。 （4）乙酉卜，于丙桒岳，从。用。不雨。

			（5）乙未卜，其雨丁不。四月。 （6）乙未卜，翌丁不其雨。允不。 （10）辛丑卜，𣎆 燹，从。甲辰陷，小雨。四月。

（五）今日・允雨

著　錄	編號／【綴合】／（重見）	備　註	卜　辭
合集	12922		辛亥卜，今日雨。允雨。
合集	12923		壬子卜，□，貞：今日雨。□日允〔雨〕，至于□雨。
合集	12924		壬□〔卜〕，貞：今𢓊雨。允雨。
合集	12926		……日允〔雨〕。乙巳陰。
合集	12927 正		貞：今乙亥其雨。
合集	12927 反		□日允雨。小。
合集	12928		□日允〔雨〕，小。
合集	12929		（1）貞：〔癸〕未雨。 （2）……其雨。□日允〔雨〕，小。
合集	12978		乙〔巳卜〕，今日𣎆舞，允从雨。
合集	28539		（1）辛……允大〔雨〕。 （2）今日辛王其田，不冓雨。 （3）其冓雨。 （4）壬子其田，雨。 （5）……雨。
合集	32260		（1）庚辰卜，辛巳雨。 （2）庚辰卜，今日雨。允雨。

合集	33828+33829（《合補》10603）		（1）癸酉卜，其雨乙亥。 （2）癸酉卜，不雨乙亥。允雨。 （3）丁丑卜，今日雨。允雨。 （4）庚辰卜，辛巳雨不。 （5）庚辰卜，辛巳雨不。
合集	33874		（1）甲□〔卜〕，丙□不〔雨〕。 （2）甲戌卜，丁丑雨。允雨。 （3）己卯卜，庚辰雨。允雨。 （4）庚辰卜，今日雨。允雨。 （5）□辰卜，□巳〔雨〕。不〔雨〕。
合集	33880		（2）癸巳卜，今日雨。允〔雨〕。 （3）癸巳卜，甲午雨。 （4）甲午卜，弜舞，雨。
合集	33882		（1）乙未卜，今日乙允〔雨〕。 （2）□雨。
合集	33888		（2）癸丑，今日雨。允。
合集	33958		丁丑卜，才萦，今日雨。允雨。
合集	40314		（1）今日雨……日允雨。
屯南	0100		（1）辛巳卜，今日雨。 （2）壬午卜，今日雨。允雨。 （3）不雨。 （4）癸未卜，今日雨。 （5）不雨。 （10）不雨。
屯南	0449		今日雨。允雨。

屯南	2288		（1）戊戌卜，今日雨。允。 （2）癸卯卜，雨，不雨。
屯南	2365		（1）辛卯卜，今日□雨。茲允。 （2）不雨。 （3）壬寅卜，今日〔雨〕，𢆶。 （4）不雨。

（六）之日・允雨

著　錄	編號／【綴合】／（重見）	備　註	卜　辭
合集	12047（《旅順》640）	塗朱	（2）丁亥卜，卯，貞：今日其雨。之日允雨。三〔月〕。
合集	12532 正		貞：今……王固曰：𢓊。茲气雨。之日允雨。三月。
合集	12935		（2）乙亥卜，㱿，〔貞〕……之日允〔雨〕。
合集	12936		（1）貞：叀雨。 （2）之日允雨。
合集	12937		（2）……翌其彭于〔祖〕……之日允雨。
合集	12938		……冓雨。〔之〕日允〔雨〕。
合集	12939 正		（1）貞：今日壬申其雨。之日允雨。 （2）貞：今日壬申不其雨。
合集	12942		之日允雨。
合集	24735		己丑卜，出，貞：今日雨。之日允雨。
合補	3511（《天理》112）		貞：今日其雨。之日允雨。
合補	3694		（1）壬申卜，卯，貞：今日其雨。之日允雨。三月。 （2）甲戌卜，卯，貞：今日其雨。三月。
英藏	00725 反		（2）之日允雨。

（七）日・允雨

著　錄	編號／【綴合】／（重見）	備　註	卜　辭
合集	12916		貞：日其雨。允雨。
合集	20416		（1）□申卜，方其征，今允雨。 （3）丁酉〔卜〕，來己日雨。
合集	40315		（1）日□雨。允□。
合補	3535		（1）甲戌……貞今……雨…… （2）……日允〔雨〕。
懷特	196		……其雨……日允……多……

（八）翌日・允雨

著　錄	編號／【綴合】／（重見）	備　註	卜　辭
合集	13448（《國博》53）		……〔翌〕日允雨，乙巳陰。
合集	20976		壬戌卜，允……[illegible]。翌日雨，癸雨。〔註 3〕

（九）今夕・允雨

著　錄	編號／【綴合】／（重見）	備　註	卜　辭
合集	10292+12309【《契》29】		（2）壬戌卜，今夕雨。允雨。 （3）壬戌卜，今夕不其雨。 （4）甲子卜，翌乙丑其雨。
合集	12231 正		今〔夕〕不雨。

〔註 3〕「[illegible]」字李學勤釋為郊。參見李學勤：〈釋“郊”〉，《文史》，第 36 輯，（1992 年）

合集	12231 反		〔今〕夕允〔雨〕
合集	12932		壬戌卜，〔貞〕：今夕雨。允雨。
合集	12934		今夕允祉雨。
合集	20912		（1）庚辰卜，卩，今夕其雨。允雨，小。 （2）庚〔辰〕卜，卩，隹于辛巳其雨，雨小。
合集	20975		（2）壬午卜，[illegible]，桒山、[illegible]，雨。 （3）己丑卜，舞羊，今夕从雨，于庚雨。 （4）己丑卜，舞〔羊〕，庚从雨，允雨。
合集	24853		（1）〔貞：今〕夕其雨。允雨。
合集	29955		□戌卜，貞：今夕雨。允雨。

（十）之夕・允雨

著　錄	編號／【綴合】／（重見）	備　註	卜　辭
合集	3297 反		（2）貞：翌辛丑不其攺。王固曰：今夕其雨，翌辛〔丑〕不〔雨〕。之夕允雨，辛丑攺。
合集	7709 反		（2）之夕允雨。
合集	11917		（1）己卯卜，爭，貞：今夕〔其雨〕。王固曰：其雨。之夕〔允雨〕。
合集	12533（《合集》40211）		……〔今夕〕……之夕允雨小。三月。
合集	12940		（2）……〔雨〕。〔之日〕允夕……
合集	12943		庚辰〔卜〕，史，貞：今夕雨。之夕〔允〕雨。
合集	12944		（1）今夕雨。 （2）貞：今夕雨。之夕允雨。

合集	12945		□卯雨。之夕允雨，多。
合集	12946		……雨。之夕允雨。一月。
合集	12947		□征雨。□夕允〔征雨〕。
合集	12948 正		（1）□子卜，〔𡧊〕，貞：王令……河，沈三牛，袞三牛，卯五牛。王固曰：丁其雨。九日丁酉允雨。
合集	12948 反		（2）丁．王亦固曰：其亦雨。之夕允雨。
合集	12949		王固曰……之夕允〔雨〕。
合集	12950		（1）……王固曰。吉……翌辛其雨。之□允雨
合集	12951		……今日不雨，于丁。之夕允〔雨〕。
合集	12952		貞：今□雨。之□允〔雨〕。
合集	12953		（1）貞：□夕雨。 （2）之夕允〔雨〕。
合集	12954 正		（1）今夕雨。
合集	12954 反		（3）之夕允雨。
合集	12955		……〔征〕……之□允雨。
合集	12956		辛……其雨。之夕〔允雨〕。
合集	17680 正		王固曰：□。今夕□雨，叀若。〔之〕夕允……己亥……
合集	20470		（4）丙午卜，其生夕雨，癸丑允雨。 （5）……陰，不雨。 （7）……䍃……其……昃……雨……雨。
合集	24708		（1）……其雨。 （2）……其〔雨〕。之夕〔允〕雨。

合集	24769		(1) 丁酉卜，王，〔貞〕：今夕雨，至于戊戌雨。戊戌允夕雨。四月。
合集	24770		(1) 丁卯〔卜〕，貞：今〔夕〕雨……允雨。 (2) 丁卯卜，貞：今夕雨。之夕允雨。 (3) 貞：今夕雨。 (4) 貞：今夕雨。
合集	24773		(1) 丁未卜，王，貞：今夕雨。吉，告。之夕允雨，至于戊申雨。才二月。
合集	24796		丁丑〔卜〕，出，貞：〔今〕夕雨。之夕〔允雨〕。
合集	24811		貞：今夕雨。之夕允雨。
合集	32171		(4) 己亥卜，不雨，庚子夕雨。 (5) 己亥卜，其雨。庚子允夕雨。 (6) 癸卯卜，不雨。甲辰允不雨。 (7) 癸卯卜，〔其〕雨……
合補	7381（《東大》630）		(2) 貞：今夕其雨。之夕允雨。十月。才臂。
旅順	610	填墨	之夕允雨。

（十一）夕・允雨

著　錄	編號／【綴合】／（重見）	備　註	卜　辭
合集	12612		……夕允雨。八月。才□。
合集	12140（《合補》3551）		……夕允雨。
合集	12933		貞：今夕其……夕允〔雨〕，小。

合集	13869		（4）己酉卜，不其雨。 （5）……夕允雨。
合集	30183		（1）……夕雨冬。茲允。吉
合集	33914		（1）□夕其雨。允雨。 （2）□夕不〔雨〕。
合補	3550		……夕允雨。
北大	1443		今夕雨，乙雨。允。

（十二）今夕・允不雨

著　錄	編號／【綴合】／（重見）	備　註	卜　辭
合集	24861		貞：今夕允不祉雨。

（十三）之夕・允不雨

著　錄	編號／【綴合】／（重見）	備　註	卜　辭
合集	10222		（1）……今夕其雨……其雨。之夕允不雨。
合集	12163 正		（1）己丑卜，爭，貞：今夕不雨。 （2）〔己〕丑卜，爭，貞：今夕雨。
合集	12163 反		（1）王固曰：今夕不其雨，其壬雨。允不雨。
合集	12562（《合集》24854）		……雨。之夕允不雨。四月。
合集	12958		之夕允不雨。
合集	12960		貞：今丙申不雨。之□允□□。
合集	12961		貞：今夕不雨。之夕允不〔雨〕。

著　錄	編號／【綴合】／（重見）	備　註	卜　辭
合集	24684		（1）……其雨。 （2）……〔今〕夕不雨。之夕允不雨。
合集	24771		貞：今夕雨。之夕允不雨。
合集	24813		（1）貞：今夕不雨。之夕…… （2）貞：今夕不雨，之夕允不〔雨〕。

（十四）夕・允不雨

著　錄	編號／【綴合】／（重見）	備　註	卜　辭
合集	12959		□夕允不〔雨〕。

（十五）寐・允雨

著　錄	編號／【綴合】／（重見）	備　註	卜　辭
合集	20964+21310（《合補》6862）+21025+20986【《甲拼》21、《綴彙》165】		（1）癸卯卜，貞：旬。四月乙巳㬳雨。 （3）癸丑卜，貞：旬。五月庚申寐，允雨自西。夗既。 （4）辛亥[illegible]雨自東，小……

（十六）時間段・允雨

著　錄	編號／【綴合】／（重見）	備　註	卜　辭
合集	20397		（1）壬戌又雨。今日小采允大雨。祉伐，𦍒日隹啟。
合集	20908		（1）戊寅卜，陰，其雨今日[illegible]。〔中〕日允〔雨〕。 （2）乙卯卜，丙辰□余〔食〕妣丙，[illegible]，中日雨。三月。
合集	20956		（2）壬午，食允雨。
合集	20965		丁酉卜，今二日雨。余曰：戌雨。昃允雨自西。

合集	20966		(1) 癸酉卜，王〔貞〕：旬。四日丙子雨自北。丁雨，二日陰，庚辰……一月。 (2) 癸巳卜，王，旬。四日丙申昃雨自東，小采既，丁酉少，至東雨，允。二月。 (3) 癸丑卜，王，貞：旬。八〔日〕庚申寎人雨自西小，夕既，五月。 (7) □□〔卜〕，王……告……比……〔雨〕……小。
合集	21013		(2) 丙子隹大風，允雨自北，以風。隹戌雨。戊寅不雨。[illegible]曰：祉雨，〔小〕采[illegible]，兮日陰，不〔雨〕。庚戌雨陰祉。□月。 (3) 丁未卜，翌日昃雨，小采雨，東。
愛米塔什	161（《劉》088）		昃允雨。用。

第二節　雪

貳、一日之內的雪

一、夕·雪

（一）夕·雪

著　錄	編號／【綴合】／（重見）	備　註	卜　辭
花東	400	（衍「𠭯曰」二字）	（2）乙亥夕卜，其雨。子𠭯曰𠭯曰：今夕霰，其于丙雨，其多日。用。

參、與祭祀相關的雪

一、烄·雪

（一）烄·雪

著　錄	編號／【綴合】／（重見）	備　註	卜　辭
合集	39718（《英藏》2451）		□戌，貞：从烄于雩以黃奭。
合集	41411（《英藏》2366）		（4）其烄于雩，又大雨。 （6）雩眔門啚彡，又雨。

肆、混和不同天氣現象的雪

一、雪·雨

（一）雪·雨

著　錄	編號／【綴合】／（重見）	備　註	卜　辭
合集	20914		乙酉卜，雪。今夕雨，不雨。四月。
合集	21024		……雪……雨……
合集	29214		（2）于宮雪，又雨。
屯南	769		……風京雪雨。
村中南	047		……京……雪雨。

二、風·雪

（一）風·雪

著　錄	編號／【綴合】／（重見）	備　註	卜　辭
屯南	769		……風京雪雨。
村中南	426〔註1〕	「京」下一字，似「雪」字之上部。	丙子卜……風京〔雪〕……

〔註 1〕釋文據朱歧祥：《釋古疑今——甲骨文、金文、陶文、簡文存疑論叢》第十六章　殷墟小屯村中村南甲骨釋文補正，頁 350～351。